グレート・ギャッツビー

フィッツジェラルド

小川高義訳

kobunsha classics

光文社

Title : THE GREAT GATSBY

1925

Author : F. Scott Fitzgerald

目　次

もし彼女の心を動かせるなら、金色の帽子だってかぶればいい
もし高く跳べるのなら、彼女のために跳んだらいい
「ああ、金色帽子で高く跳んでくれる人が好き。そういう人でないとだめ！」
と彼女に叫ばせるまで

——トーマス・パーク・ダンヴィリエ

もう一度、ゼルダへ

グレート・ギャッツビー

第一章

まだ大人になりきれなかった私が父に言われて、ずっと心の中で思い返していることがある。

「人のことをあれこれ言いたくなったら、ちょっと考えてみるがいい。この世の中、みんながみんな恵まれてるわけじゃなかろう」

父はそれしか言わなかったが、もともと黙っていても通じるような親子なので、父が口数以上にものを言ったことはわかっていた。その結果が尾を引いて、いまでも私は何かにつけ判断を差し控えるところがある。そうなると、おかしな人間がやって来て自身をさらけ出そうとする。ありきたりの内緒話に延々とつきあわされたことも一度や二度ではない。普通の人間が態度を保留していると、普通ではない人間がめざとく寄りついてくるということだ。おかげで大学時代などには、とんでもない連中の内面の悲しみまで知ってしまい、なかなか食えない策士だと評されもした。

もちろん好きで聞きたがったのではない。それどころか居眠りや考えごとを装ったり、ふざけてはぐらかそうとしたりした。来たな、という勘が働くのだ。若者の打ち明け話、また少なくともそういうときの言葉遣いは、どこかで聞いたような二番煎じで、へんに鬱屈していることが多いから、聞く前から知れたようなものである。

判断を控えるというのは、どれだけ長い目で見てやれるかということだ。それでも何かの見落としをする心配はぬぐえない。だから、父の言いぐさではないが、どんな品性だって生まれつきだから仕方がない、と気長に構えているしかないのかもしれない。

さて、こんな我慢強さを自慢しておいて、また逆のことも言わなければならない。我慢には限度があるということだ。人間の行動にどんな基礎があるにせよ、その行動が一定の限度を越えてしまえば、基礎が岩盤だろうと沼地だろうと変わらない。去年の秋、私は世の乱れを嘆くような心境になって東部から戻った。もっと襟を正して、まっすぐな姿勢を保つべきではないのか、という思いをした。浮かれた遠足気分で人の心をのぞきに行ったようなもので、そういう結構な立場には懲りて帰った。

ただギャッツビーだけは別だ。こうして本書に名前を残している男にだけは、私の見方が違った。ところが現象だけで言えば、ギャッツビーこそ、私がつくづく嫌気のさしたものの代表格なのである。もし人間のありようが外からでも見える行動の連鎖でわかるなら、ギャッツビーは華麗なる人物だったと言えよう。好機を見逃さない感度があった。一万マイル先の揺れをとらえる地震計に近いような高感度だったかもしれない。だが、そういう感性は、よく「芸術家タイプ」として持ち上げられる、やわな感受性とは別物だ。どこまでも絶望しない才能なのである。精神がロマンチックにできていた。あんな男には会ったことがないし、これからまた会うとも思われない。いや、結局まともだったのはギャッツビーだ。私があきれたのはギャッツビーに食らいついた側である。ギャッツビーの夢が通りすぎたあとに塵芥《じんかい》が浮いたようでいやなのだ。そんなものを見てしまった私は、いずれにしても中途で断たれる男の喜びや悲しみから、しばらく目をそむけたくなっていた。

この中西部の町にあって、わが家は三代続いて栄えている。キャラウェイ家と言えばちょっとした名門で、バックルー公爵の流れを汲むという言い伝えもあるのだが、はっきりわかっているのは一八五一年に町へ来た祖父の兄が、南北戦争には代役に出征させておいて、金物の卸販売を始めたということだ。いまは私の父が家業を継いでいる。

私は初代という人物に会ったこともないのだが、その風貌に似たところがあるそうだ。いまも父のオフィスに掛かっている肖像画の実務家らしい顔と見くらべて、そんな話が出てくる。

私がイエール大学を出たのは一九一五年である。つまり四半世紀の差で父の後輩になった。その後、世界大戦という遅ればせの民族大移動に参加したのだが、さすがに敵もさるもので、おおいに楽しませてもらったから、復員しても心は穏やかではなかった。のほほんと世界の中心のように思っていた中西部は、もはや辺境の荒れ地としか見えなくなって、こうなったら東部へ出て証券取引でも覚えようと考えた。みんなが行きたがる大人気の業界で、男一人なら新規参入で食っていく余地はあるだろうという計算だ。すると親戚一同が進学先の相談でもされたように額を集め、仕方なさそうにもったいをつけて、「まあ、よかろう」ということになった。向こう一年は父が資金の面倒を見てくれることにもなり、なんやかやと予定の遅れはあったものの、これでもう東部に住みつくと決心して出たのが一九二二年の春だった。

実用だけで言えば、ニューヨーク市内にアパートを借りるのがよかったろう。しかし、あたたかくなった季節のことでもあり、ゆったり芝生が広がって、のんびりした樹木が茂る土地から来た人間でもあったから、通勤できるくらいの町に共同で家を借りようと会社の同僚に誘われると、すっかりその気になっていた。その男が月に八十ドルという古ぼけた安普請のバンガローを見つけたのだが、土壇場になってワシントン勤務を命ぜられたというので、結局、私が一人で郊外へ出ていった。

まず犬を飼った。少なくとも何日か飼っていたが、逃げられた。車は旧式のダッジが一台。フィンランド人の家政婦が、私のベッドを整え、朝食の支度をして、電気コンロについてフィンランド語でひとりごとの理屈を言っていた。

いかにも侘びしい暮らしだったが、一日か二日たった朝のこと、私よりもなお新参らしき人物に、路上で呼び止められた。

「ウェストエッグ・ヴィレッジはどっちでしょう?」と、途方に暮れたように言う。

教えてやって、また歩きだしたら、もう侘びしさは消えていた。先住民として、見つけた道を教える立場になったのだ。こんな偶然のおかげで、土地になじんだような気になった。

　太陽が降りそそぎ、新緑が——まるで早回し映像のように——どっと勢いを増す。ありきたりな感想かもしれないが、やはり夏に向かって生命は再生するのだと思った。

　読むべき本はいくらでもあるし、若々しい息吹にふれて気力充実ということにもなって、私は金融や証券の参考書をどんどん買い込んだ。赤と金の色彩が本棚にならんで、鋳造したばかりの貨幣のようだ。古今の大富豪にも稀《まれ》な、いくらでも財力を生み出せる、きらきらした秘術を、私にも見せてくれるのではないか。

　ほかにも読書の幅を広げようという健気なことを私は考えていた。もともと学生時代には文学青年であって、イエールの学内誌にもっともらしい論説を一年ほど連載したことがある。そういう昔の思い出まで総動員して、もっとも専門性に乏しい専門家、いわゆる「オールラウンド」な人間になろうとしたのだった。いや、べつに警句を吐きたくて言ったのではない。人生は一つの窓から見るのがよい。最後にはそうなる。

　ともかく、成り行きとはいえ、北米でもめずらしい地域社会に家を借りることになった。ニューヨークから東へすらりと伸びる豪儀な島にある。自然の景観に見るべきものが多い中で、めずらしい地形が二カ所あった。市内からだと三十キロほどの距離に、二個一組の巨大な卵である。農家の中庭を海にしたような穏やかな内海、すなわちロングアイランド海峡に、二つの卵形の半島が、そっくりな形をして、形ばかりの入り江をはさんで、突き出ているのだった。

完璧な楕円形とは言えない。陸地側は、コロンブスの卵ではないが、ぐしゃりと潰《つぶ》れている。そんなところまで似ている二つだから、上から見るカモメには、さぞ紛らわしかったことだろう。だが地上に生きる者の目で見れば、形と大きさのほかは、どこもかしこも似ていないということが目立っていた。

私が住んだのは西側の一個、ウェストエッグである。薄っぺらな言い方をすれば「お洒落ではない」ほうの卵だが、じつは奇々怪々というか、ぞっとするほどの対照が両者にはあったのだ。私の家は卵の先端に位置していた。せいぜい四、五十メートルも行けば海である。両隣が大豪邸で、その中間へもぐり込んだようになっていた。ああいう豪邸は、もし借りたら一シーズンで一万二千から一万五千ドルはとられたろう。とくに右隣は、どう考えても、とんでもない大物で、ああなるとノルマンディーあたりの市庁舎を模したとしか思えない。一方に塔が立っていて、ぴかぴかに新しく、うっすらと無精髭が出たように蔦《つた》がまつわりついていた。大理石のプールがある。芝地と庭園は五万坪ほどもあったろうか。

これがギャッツビー邸だった。いや、まだ面識はなかったのだから、ギャッツビー氏なる人物の住まう屋敷らしい、というだけだ。私の家などはみすぼらしいものだが、あまりに小さくてお目こぼしにあずかっていたと言うべきか。ともかく海が見えて、いくらか隣の芝生が見えて、大金持ちと肩をならべる気分を味わっていた。そこまで込みで家賃が月に八十ドル——。

わずかばかりの入り江の向かいは、イーストエッグに白亜の殿堂が建ちならび、水際に光彩を放っていた。この夏の物語は、私がトム・ブキャナン邸の夕食に呼ばれて、そちら側へ車を走らせた晩に始まる。その妻デイジーとは親戚筋で、またトムは大学時代の友人だ。大戦後、シカゴの家に二日ほど泊めてもらったことがある。

トムはスポーツ万能の男だが、とりわけフットボールでは大学史に残る強力なエンドとして活躍した。全米に名を馳せたと言ってもよい。ああして二十歳《はたち》を出たくらいで行き着くところまで行ってしまうと、あとは下り坂の気味をまぬがれないという例は多かろう。

実家が大金持ちだったのは確かで、学生の頃から金離れがよすぎて非難の声さえも聞こえていた。いまはもうシカゴから東部へ出ているのだが、その出方がまたすごかった。たとえばシカゴ郊外のレークフォレストから、ポロの試合に使える馬をぞろぞろ引き連れて出てきた、というだけでも唖然とする話だろう。そんな裕福な男が同世代にいるということが、にわかに信じがたかった。

なぜ東部へ出る気になったのか、私にはわからない。なんとなく夫婦で一年ほどフランスへ行ったこともあるようだ。ポロをたしなむ金持ちが集まるところを、ふらふら移動したらしい。今度はもう永住する、とデイジーは電話で言っていたけれども、どうだろうか。デイジーの本心は見えなかった。だがトムのことを考えれば、今は昔となったフットボールの激動のドラマが恋しくて、ふらふら動き続けてもおかしくはないような気がした。

ともかく、そういう事情があって、私はイーストエッグへ車を走らせていた。だいぶ気温の上がった風の強い日に、昔から知っているようでいて、そのわりに何も知らない二人の家へ行ったのである。意匠を凝らした美邸は私の予想を上まわった。ジョージアン・コロニアル様式の館が、赤と白の色彩を得て潑溂と入り江を見おろしている。海岸からすぐに始まる芝生が、この家の表玄関に向けて四百メートルほども連続し、日時計も、レンガ敷きの道も、燃えるような緑の庭も飛び越える。ようやく家にぶつかった勢いで壁をせり上がったかに見えて、色あざやかに蔦が這う。

正面から見ると、フランス窓が一列にならんで建物のアクセントになっていた。窓は暑い午後の日射しを受けて黄金色に光り、すべて開け放って風を入れている。そして玄関ポーチには乗馬服のトム・ブキャナンが足を広げて立っていた。

大学時代とは違うようだ。すでに三十歳。どっしりした体型である。麦わら色の髪をして、口元の表情が厳しく、人を人とも思わない態度が見える。ぎろりと睨《ね》めつける双眼が顔立ちを決めていて、不敵に迫る面構えと言うほかはなかった。着ている乗馬服はこれが男物かと思うほどに洒落ているが、はちきれそうな肉体の力は隠しようがない。つややかなブーツは編み上げた紐の最上部まで張りつめている。肩のあたりの隆々たる筋肉の動きが、薄手の上着を通して目に見えるようだ。威力満点と言おうか、容赦なく逞しい身体なのだった。

また、しゃがれ気味に突き抜けてくる高調子の声が、ただでさえ癇《かん》の強そうな印象を強めていた。なんだか頭ごなしに叱られているような気がする。親しいはずの相手にもそう思わせるのだから、大学では徹底して嫌われたこともあるようだ。

「いや、あくまで意見なのだから、そのまま結論だとは思わないでくれ。いくら僕が大物だって、そこまでは言わない」と言いたそうな男である。ただ私に対しては、イエールに在学中の四年次に同じ「秘密会」のメンバーだったこともあり、とくに親しい仲ではないものの、一応はまともに扱おうとしてくれていた。この男らしい横柄なところを見せながら、なお好意を返してもらいたがっている本音をちらつかせもした。

日の当たるポーチで、しばらく言葉をかわす。

「いい家だと思ってる」トムはしきりに目を動かした。

私の腕をつかむと、家の前に広がる風景に向けて私を半回転させ、この風景を取り込むように大きな手のひらを大きく動かす。一段下がったイタリア式庭園があって、半エーカーほどのバラ園が馥郁《ふくいく》と香って、ずんぐりしたモーターボートが海上で波を受けていた。

「もとはドメインという石油屋の家だった」トムはふたたび私をくるりと回す。無礼ではないが一言の断りもない。「では、入ろう」

天井の高い玄関ホールを抜けて、明るいバラ色の部屋へ通された。前後にフランス窓があるおかげで、この空間もまた邸内に組み込まれているのだとわかる。半開の窓が白い反射光を放って、その向こうの夏草が家の中まで押してきそうな勢いだ。吹き抜ける風があるので、カーテンが一方で窓の中へ、一方で窓の外へ、白い旗になって流れたと思うと、砂糖で仕上げたウェディングケーキのような天井に向けて巻き上がる。風は海を渡るかのように、ワイン色の絨毯に波立つ影を落とした。

この部屋にあって完全に静止して見えるのは、特大のソファだけである。これがつなぎとめた気球という趣になって、二人の若い女がふんわりと乗っていた。どちらも白一色に装って、ひとまわり風に乗って飛んできたばかりというように、服がひらひら揺れている。カーテンをばたつかせ、壁に掛かった絵をかすめる風音を聞きながら、しばらく私は突っ立っていたのだろう。するとトム・ブキャナンが後方の窓を閉める音が響いた。風は行き場をなくして静まり、カーテンも絨毯も二人の女も、やんわりとフロアに落ち着いたようだった。

年下らしい女は私の知り合いではなかった。ソファに坐った伸びやかな肢体がぴくりとも動かず、いくぶん顔を上げているところは、落ちそうで落ちないものを顎に乗せてバランスをとっていると見えなくもない。私が来たことを横目にでも見たのかどうか、まるで判断がつかなかった。いや、なんだか私のほうが邪魔に入ったような気になって、つい詫び言めいたものを口にしていたほどである。

もう一人はデイジーだ。立ち上がろうとする素振りは見せ、それなりに気を遣っている顔をして、いくらか前に出かかったのだが、結局は、ふふっと笑っただけだ。わけもなくかわいらしい笑いに、私もつり込まれて笑いながら歩きだしていた。

「ああ、うれしい。うれしくて身体が麻痺しちゃったみたい」

おおいに気の利いたことを言ったつもりなのか、また笑い声をあげたデイジーが、私の顔を見上げながら、つと手をとった様子からすると、誰よりも会いたい人が来てくれたと言っているようにさえ思える。デイジーらしいことだ。上向きかげんの女はベイカーという姓のようで、そんなことをデイジーがつぶやくように言った（これは聞く人が身を乗り出したくなるように仕向けているのだという説もある。もちろん邪推には違いないが、そうだとしても、なかなか魅力のあるしゃべり方になっていた）。

ミス・ベイカーもまた、何はともあれ口を動かしていて、会釈とも言えないような会釈をしてみせたが、それも一瞬のことである。つんと上へ向け直した顔は、落ちそうで落ちないものを落としかけて、あわてて元へ戻したというところか。ふたたび私は弁解じみたことを言っていた。どうも私は、ああいう自己完結する人間を前にすると、へんに恐れ入ってしまうらしい。

私はデイジーに目を戻した。あの心ときめく低い声音《こわね》が、あれこれ私に尋ねようとしている。耳をすまして音程をたどりたくなる声だった。デイジーが何を言うにつけても、まるで一度しか演奏されない音楽のように聞こえた。その顔はというと、悲しげに愛らしくて、明るいものがある。つまり目は輝いているし、口元にも情熱の輝きがある。だが、デイジーに肩入れしたい男として、忘れがたい感興をそそられるのは声だった。歌のように聞き手を突き動かす。「あのね」と、ささやかれるだけで、たったいま浮き浮きすることがあったばかりで、すぐにまた浮き浮きすることがあるはずだ、と思えてくる。

私は、東部へ来る途中で丸一日シカゴへ立ち寄り、よろしく伝えてくれと口々に言われた、という話をした。

「じゃあ、まだ忘れられてなかったのね？」デイジーは大はしゃぎで喜んだ。

「町を挙げてさびしがってるよ。どの車も左の後輪を黒く塗って悲しみの花輪にしてる。嘆きの声が夜な夜なミシガン湖に響いてるね」

「すごいじゃない！　ね、トム、帰りましょうよ。あすにでも！」と言ったデイジーが、するりと話題を変えて、「わが家のベビーを見ていってね」

「そりゃもう」

「いま寝てるの。うちの娘も二歳になったわ。まだ会ってなかったっけ？」

「うん」

「だったら会ってもらわなくちゃ。あの子は――」

するとうろうろ歩きまわっていたトム・ブキャナンが足を止めて、私の肩に手を乗せた。

「いま何してるんだ、ニック」

「株屋だよ」

「どこの社だ」

私が答えると、

「聞いたことないな」と切り捨てる。

あまり愉快ではない。

「いずれ聞くさ」私も無愛想な口をきいていた。「東部にいれば聞くだろう」

「おう、いるとも。心配ない」トムはちらりとデイジーを見やって、すぐ私に目を戻した。また切り返されるとでも思ったのだろうか。「せっかく出てきておいて、よそへ行く馬鹿はありゃしない」

ここでミス・ベイカーが「あたりまえよ！」と言った。私が来てから初めて発した言葉だが、出し抜けもいいところで、一瞬ぎくりとした。どうやら本人も思わず言ってしまったものらしい。ひとつ欠伸《あくび》をしてから、するするっと器用に立って歩いてきた。

「へんに強ばっちゃった」と自分では言っている。「いつの昔からソファにいたのか覚えがないわ」

「こっち見て言わないでよ」デイジーが反発した。「ニューヨークへ行けばいいって、お昼からずっと言ってるのに」

「やめとくわ」とミス・ベイカーが言ったのは、四人分のカクテルが来たからだ。「あたりまえよ、トレーニング中なんだから」

トムは、嘘をつけ、という顔をした。

「よく言うよ」手にしたカクテルを、たった一滴しか入っていないグラスのように、思いきり傾けておいて、「きみの場合、何にせよどうにかなるのが不思議だな」

私もミス・ベイカーに目を向けていた。この人の場合、何がどうなるというのだろう。だが見た目には好ましい。まっすぐな立ち姿をしている。すらりとした起伏の少ない上半身で、士官候補生のように胸を張っているから、なおさら姿勢がよく見える。日射しに負けそうなグレーの目が、こちらに向いた。どこか翳《かげ》りのある美人の顔から、やんわりと好奇の視線を返されたようだ。これは、どこかで見た顔ではなかろうか。あるいは写真で見たのかもしれない。

「ウェストエッグに住んでるのね」小馬鹿にした響きがある。「そういう人を知ってるわ」

「僕はまだ一人も――」

「ギャッツビーは知ってるでしょ」

「ギャッツビー?」と突っかかったのはデイジーだ。「どこのギャッツビー?」

それなら隣の家だと言いかけたら、ディナーの用意ができたという知らせがあって、トム・ブキャナンが私の腕を力ずくで抱え込み、チェッカーの駒でも動かすように、私を連行した。

二人の若い女が、どちらも手を腰にあて、すらりと伸びた体型をのんびり進めて先に行くと、夕日を望むバラ色のベランダへ出た。テーブルに四本のキャンドルが立って、だいぶ静まった風に炎がゆらゆら揺れている。

「要《い》らないじゃない」デイジーが口をとがらせた。手で振り払うようにキャンドルを消す。「あと二週間で夏至なのよね」と、光り輝く顔をした。「いよいよ日が長くなるって思いながら、その日をうっかり忘れてばかりなの。いつだって、そう思ってて忘れちゃう、なんてことある?」

「これからの予定を決めないとね」ミス・ベイカーが席についた。欠伸をしながら坐ったのが、ベッドにもぐり込もうとしたようにも見えた。

デイジーは「そうしましょ」と応じたものの、困った顔を私に向けた。「どうすればいいのかしら」

だが私が口を出すまでもなく、デイジーは自分の小指だけを見つめて、ぞっとした目つきになっていた。

「ああ、やだ、こんなになっちゃった」

全員の目を集めた小指は、付け根が青黒くなっている。

「あなたのせいよ」と、トムに矛先が向いた。「悪気じゃなかったんでしょうけど、あなたのせいには違いない。こういう人と結婚するとこうなるってことよね。凶暴な大型動物の見本というか、やたらに図体ばかり――」

「その図体ってのはよせ」トムは不機嫌になった。「冗談でも聞きたくない」

「ずうたい――」デイジーは黙らなかった。

この日、女二人の話を聞いていると、よく同時にしゃべっていながら、かち合っている印象はなかった。つまらない話のようでいて、ただの無駄口というのでもなく、着ている白いドレスや、さらりとした無欲な目とともに、いかにもクールなのである。こうしてこの場にいて、トムと私の存在を受けとめて、ほどほどに雰囲気を保っている。やがてディナーは終わり、今夜という時間も終わって、すんなりお開きになるのだろう。そういうところが中西部とは大違いだ。あっちでは、いわば式次第を追うように、こんなことでいいのかと思いつつ、あるいは終わってしまっていいのかと思いつつ、どんどん終わりに近づいていく。

「ここにいると田舎者みたいな気がするよ」二杯目のワインを飲みながら、私は正直なことを言った。ボルドーの赤ワインは、ややコルクの臭いがついていたが、なかなか結構なものだ。「農産物の話でもいいかな?」

もちろん他愛ない発言のつもりだったが、意外な方向に展開することになった。「文明は崩壊の危機にある」と、トムの議論が暴発した。「もう悲観するしかなくなったよ。ゴダードという男が『有色帝国の興隆』なる本を書いている。読んだか?」

「いや、まだ」いささか語気に圧《お》された。

「いい本だ。必読の書だな。ま、要するに、われら白色人種といえども、うかうかしていると——あえなく沈没させられるということだ。れっきとした科学の裏付けのある本なんだぞ」

「このごろトムは思想家になってるの」デイジーは思想とは無縁の悲しげな顔をした。「やたらに難しい本を読んでるのよ。長ったらしい言葉が出るわ。ほら、このあいだのあれ、何だっけ——」

「だから、どれも根拠があるんだってば」トムは自説を曲げず、いらだった視線をデイジーに飛ばした。「よく調べて書いてある。いま優位にある人種がしっかりしなければ、ほかの人種に覇権を握られてしまうということだ」

「だったら押さえつけておかないとね」デイジーは小さく口にして、燃える太陽に目をしばたたいた。

「でも、たとえばカリフォルニアに住んだりしたら——」とミス・ベイカーが意見を出しかけると、トムはどっかり坐った身体を揺らして、それ以上言わせなかった。

「だから要するに、われわれは北ヨーロッパの系統なんだ。僕も、君も、きみも——」ここで刹那の迷いがあったかに見えたが、トムはわずかにうなずいてデイジーも同類とした。デイジーは私にウィンクする。「——およそ文明を成り立たせる産物は、われわれの手になるではないか——あー、科学、芸術、などなど。そうだろう？」

これだけ夢中になっているトムが、ふと哀れにも思えた。もともと自己満足に傾く男が、その症状を激しくしているようだが、もはや自己満足ではあきたらない域にあるのだろうか。すると、電話の鳴る音が聞こえたので、執事がポーチを離れて室内へ行き、この隙をとらえたデイジーが私のほうへ体を寄せた。

「ひとつ家庭の秘密を教えるわ」ひどく熱心な内緒話になった。「いまの執事の鼻なんだけどね。執事の鼻のこと聞きたい？」

「そのために来たんだ」

「あのね、もとから執事じゃなかったのよ。銀の食器を磨く係だったの。ニューヨークのどこかで、二百人分の食器がそろってるお屋敷にいたんだわ。朝から晩まで銀磨き。そのうちに鼻がおかしくなって――」

「悪いことは重なるもので」と、ミス・ベイカーも口を出した。

「そうなのよ。もう重なるばかりで、ついには辞めざるを得なかった」

このとき日暮れ前の一瞬の陽光が、デイジーの明るい顔にロマンチックな愛の光を添えていて、その声を聞いている私は息を呑んで引きつけられたが、まもなく明るさは薄れた。顔の隅々《すみずみ》まで染めていた光が、心地よい黄昏の街路から家に帰る子供のように、名残惜しそうに退いたのだ。

執事が戻ってきて何やらトムに耳打ちすると、トムは顔をしかめて、椅子を引き、ものも言わずに室内へ行った。いなくなったのを幸いに、デイジーは何か思いつくことでもあったのか、ふたたび身を乗り出してきた。明るく歌うような声を出す。

「あなたが来てくれてよかった。だって、その――バラみたいなんだもの。ニックって絶対にバラよ。そうでしょ？」と、ミス・ベイカーに同意を求めて、「絶対、バラよね？」

もちろん、そんなはずはない。私とバラでは似ても似つかないだろう。デイジーとしては食卓の会話を弾ませているだけのことだ。だが、息せききって語ろうとする出まかせのどこかには純な意図がひそんでいるような、あたたかく伝わるものがあった。と、いきなりナプキンを放り出し、中座して家に入った。

ミス・ベイカーと私は、なるべく意味を持たせないように視線をかわした。私から口をきこうとしたら、すっと伸び上がったミス・ベイカーが「しいっ！」と警告を発する。感情を押し殺そうとするひそひそ話が屋内から聞こえていた。ミス・ベイカーは前傾姿勢で遠慮なく聞き耳を立てた。ひそひそ話はほとんど意味不明に揺れていたが、低く沈み込んだと思うと、急に高ぶって、聞こえなくなった。

「さっき話に出たギャッツビーというのは、うちの隣――」

「静かに。どうなるのか聞きたいわ」

「いま、どうかなってる？」と、私は呑気なことを言った。

「ほんとに知らないの？」あきれた、というのが本音らしい。「知らない人がいるとは」

「いるんだよ」

「まあねえ――」と仕方なさそうに教えてくれる。「トムには女がいるのよ。ニューヨークに」

「女がいる？」私はぽかんとして繰り返した。

ミス・ベイカーがうなずく。

「いくら何でもディナーの時間帯に電話しなくたっていいのに。非常識じゃない？」

そういうことだったのかと思ったとたんに、ドレスの音、革ブーツの音が、さわさわ、かつかつと鳴って、トムとデイジーが食卓に戻っていた。

「どうしようもないわ！」デイジーは無理に快活な声を出した。

ふたたび席について、まずミス・ベイカーに、それから私に、さぐるような視線を投げてから、「しばらく外を見てたの。すごくロマンチックだったわ。芝生に鳥が来てたのよ。きっとナイチンゲールだと思う。イギリスから船で渡ったのかしらね。よく歌うことったら――」そう言うデイジーの声も歌うようだ。「――ロマンチックだわよ、ね、トム？」

「ああ、大変なものだ」と応じたトムは、私に対しては情けない口調になって、「食べ終えても日が残ってたら、厩舎《きゅうしゃ》へ案内させてもらいたいな」

家の中で電話が鳴った。どきっとする音だ。デイジーが毅然としてトムに首を振ると、もう厩舎の話は、いや、どういう話であれ、立ち消えになるしかなかった。食卓での最後の五分間は、もう時間がばらけたようになった。なぜか意味もなくキャンドルに火がともったことを覚えている。ほかの三人の顔を見据えたくもあり、また誰とも目を合わせたくもなかった。デイジーとトムが何を考えているのか、まるで見当がつかなかった。皮肉屋の下地ができているらしいミス・ベイカーでさえ、この第五の人物が仕掛けたけたたましい呼び出し音が気になっていたようだ。こんな事態をおもしろがる人間も世の中にはいるだろうが、私などは危険回避の本能が働いて、警察に通報したいくらいに思っていた。

もちろん馬を見に行く話はどこかへ飛んでしまった。トムはミス・ベイカーと歩きだした。薄暮の空間で、いくらか距離をとった二人が書棚のある部屋へ行ったのだが、なんだか通夜に行くようで、ほんとうに死人がいてもおかしくない雰囲気になっていた。私はというと、あたりさわりのない顔をして、よけいなことは聞くまいとしながら、デイジーのあとについて歩き、いくつも続くベランダを抜けて、玄関ポーチまで行くと、だいぶ深まった闇の中で、デイジーとならんで長椅子に腰をおろした。

デイジーは美人の顔をたしかめたいというように両手で顔をはさみ込んだ。その目が少しずつビロードの宵闇に動く。心に大波が立っているのはわかるので、私はせめて気休めになるかと思って、デイジーに娘のことを言わせようとした。

「わたしたち、よく知らないみたい」なんとも唐突な返事だ。「親戚とはいえ、あんまりよく知らないのよ。結婚式にも来てくれなかったし」

「あのときは戦地から戻っていなかった」

「それはそうね」デイジーはおずおずと言った。「わたしも苦労したのよ。すっかり性格がひねくれちゃったわ」

無理もない、と思わせるものがあった。だがデイジーが口をつぐんでしまうので、私は苦しまぎれに子供の話題へ戻そうとした。

「だいぶ言葉がわかって、よく食べて、なんていうところかな」

「ええ、まあ」ぼんやりした視線が返った。「あのね、ニック、あの子が生まれて、わたしが何を言ったかというと……そんな話、聞きたい？」

「そりゃ、もう」

「もし言ったら、わたしがどれだけひねくれたか、わかると思う——。産後、一時間もたってなかった。トムはどこかへ行ったきり。わたしは麻酔から覚めて、投げやりな気分で、そばにいた看護婦に男の子か女の子か聞いたの。そしたら女の子ですって言われたから、横を向いて泣いたわ。それから、まあいいわ、って言った。女の子でいいわ、せいぜいバカな子になってほしい。女の子はバカがいいのよ、きれいなおバカさんが最高だわ――」

さらにデイジーは断固たる口調になって、「とにかく、ひどい世の中になったと思うのよ。誰だってそう思ってるでしょ。いまの最先端の人たちがそう思ってる。わたしなんか身にしみてるわ。あちこち行って、いろんなものを見て、何でもしたんだから」こんなことを言いながら不敵に目を光らせるところは、案外トムに似ていなくもない。痛烈に笑い飛ばすような声を発した。「磨かれたわ。磨き抜かれちゃった！」

だが、その声が続かなくなると、これまで話につり込まれていた私にも、いま聞いたことは嘘で固めてあったらしく感じられた。今夜のことは初めから私を恐れ入らせようと仕組んだ結果ではないかという、へんな居心地の悪さもあった。それで様子を見ていたら、やはりというべきか、デイジーのかわいい顔に薄笑いが浮いた。ある高級な秘密社会に会員権があって、トムとともに名を連ねていることを、はっきり伝えている顔だった。

屋内へ戻ると、深紅の部屋に明るい光が咲いていた。トムとミス・ベイカーが横幅のあるソファに離れて坐り、ミス・ベイカーが「サタデー・イブニング・ポスト」を開いて、トムに読んでやっている。とろけて流れるような抑え気味の音調は、心をなごませるものだった。ランプの光が、トムの革ブーツに映えてきらめき、ミス・ベイカーの秋の葉のような黄金色の髪にくすんだ影をつける。ほっそりした腕の筋肉がひくりと動いてページを繰ろうとすると、ゆらめく紙が輝いていた。

私たちが来たと見て、ミス・ベイカーはちょっと手を上げて、静かに、と伝えた。

「この続きは――」と、テーブルに雑誌を投げ出す。「また次号にて」

片膝をせわしなく動かして、ミス・ベイカーの全身が立ち上がった。

「いま十時」という発言からすると、天井に数字が書いてあるとでもいうようだ。「よい子は寝る時間だわ」

「ジョーダンは、あした試合だからね」と、デイジーが解説を入れた。「ウェストチェスター郡で、トーナメントがあるのよ」

「え――。それじゃ、あのジョーダン・ベイカー?」

どうりで見たことのある顔だと思った。つんと澄ました表情が写真になって、アッシュヴィルやホットスプリングズやパームビーチのような保養地でのスポーツ事情を伝える新聞記事に出ていた。あまり芳しくない噂話を聞いた覚えもあるが、どんな内容だったのか、とうに忘れてしまった。

「おやすみなさい」と、やわらかな言い方をしている。「じゃあ、八時に起こしてくれる？」

「起きる気があるならね」

「あるわよ。じゃ、キャラウェイさん、いずれ、また」

「そうね、また会うわよ」と、デイジーが請け合った。「というか、わたしが取り持っちゃおうかしら。ね、ニック、いつでも遊びに来てよ。そのうちに――ええっと、まあ、くっつけてあげようかな。どういうわけか二人でリネン部屋に入ったところを閉じ込めて、そのままボートに乗せて海に流すとか。そんなような――」

「おやすみなさい」階段を上がりかけたミス・ベイカーが言った。「全然聞いてなかったわよ」

「いい人じゃないか」いくぶん間をおいてトムが言った。「ああいう人にふらふら遠征させてるのはけしからんな」

「誰がけしからんの？」デイジーが冷ややかに問いかける。

「身内だよ」

「身内といったって、千年も生きてるような叔母さんが一人いるだけよ。それに、これからはニックが守ってくれるんだから、ね？ 今年の夏は、ここを週末の拠点ということにして、ふらふらしない暮らしを覚えるのが、本人のためだわ」

デイジーとトムは、ふと黙って顔を見合わせた。

「ニューヨークの出なの？」私が口をはさんだ。

「ルイヴィルよ。わたしとは幼なじみで、真っ白な少女時代をケンタッキーですごしたの。うるわしくも白い——」

「さっき、ニックに内輪の話でもしたのか？」トムが割り込むように問いただした。

「したっけ？」と、デイジーは私を見た。「なんだか覚えがないみたい。たしか白い人種の話をしたわ。そうよね。ふわあっとそんな話になったと思ったら——」

「まあ、だいたい話半分だと思ってくれ」と、トムが注釈をつけた。

私はさりげない言い方で、何も聞いていないことにしておいて、ほどなく帰りかけた。玄関まで送りに出たトムとデイジーが、明るい光の四角形の中にならんで立った。

だが私が車のエンジンをかけると、デイジーが声で押さえつけるように「待って!」と言った。

「ひとつ聞き忘れたわ。大事なこと。田舎で婚約した人がいたんだって?」

「そうだった」トムもやさしく同調した。「そういう話を聞いたぞ」

「根も葉もない。こんな貧乏人なのに」

「だって聞いたもの」デイジーは納得しなかった。またしても花が咲くように開けっぴろげに言ってみせるのだから驚く。「同じことを三回聞いたんだから、もう確かよ」

もちろん私にも心当たりはあった。しかし、どう間違っても、婚約はしていない。あらぬ噂を立てられたことも、東部へ出たくなった理由なのだ。噂になったからといって、そのために昔から知っていた人との付き合いを断つわけにはいかず、さりとて噂のとおりに結婚しなければならないと考えたくもない。

さて、ともかく気を遣ってくれたのはありがたいことで、大金持ちとの距離がいくらか縮んだような気もしたが、それにしてもどういう風の吹き回しなのかと思いながら、私は車を走らせた。私に言わせれば、デイジーはあの家を出るべきだ。子供だけ抱えて身一つで飛び出せばよかろうに、デイジーにそんなつもりはないらしい。ではトムはというと、ニューヨークに女がいるという話は、さほどに驚くまでもないのかもしれない。本を一冊読んで落ち込んでいることのほうが意外である。ああして陳腐な論説を生かじりしているのは、そうせざるを得ないわけでもあるのか。あの押し出しのよい自信家にして、なお安閑としていられない精神の必然でもあるのだろうか。

すっかり夏になっていた。道筋の宿屋の屋上にも、赤い新型のガソリンポンプが照明を浴びている修理屋の正面にも、夏の色がある。ウェストエッグのわが家に着いて、車を車庫に入れてから、放ったらかしの芝生ローラーに腰をおろした。風が吹いたばかりで、まだ夜がざわめいている。木立に鳥のはばたく音がする。とめどなく湧きあがるオルガンのような音は、大地に生命の風を吹き込まれたカエルの群れが発している。猫がシルエットになって月明かりに揺れ動き、これを目で追った私は一人ではなかったことに気がついた。十五メートルほどの距離に立つ人影がある。隣の豪邸から出てきて、手をポケットに入れ、銀の粒を振りまいた星空をながめていた。身のこなしに余裕があり、しっかりと芝を踏む立ち方からしても、ギャッツビーなる人物に違いない。この土地の住人として、大きな夜空を見たくなって出たのだろう。

声をかけてみようと思った。夕食の席でミス・ベイカーが話題にしていたのだから、そんなことも話の糸口になるだろう。ところがギャッツビーに急な動きがあった。このまま一人になっていたいように見える。腕を広げて暗い海へ突き出した様子が、あまり普通ではない。離れていた私からでも、小刻みにふるえていることはわかった。つい私も海に目を向けていた。ぽつんと緑色の光が見えるだけだ。遠くの一点でしかない。桟橋の突端でもあるのだろうか。私がギャッツビーに目を戻そうとすると、その姿は消えていた。ふたたび私はざわめく夜の闇に一人なのだった。

第二章

ウェストエッグからニューヨークへ行こうとすると、ほぼ中間点で街道がそそくさと線路にすり寄って、しばらく荒れ地を避けたいというように、四百メートルほど線路と並行する。このあたりに運び込まれる石炭の燃えがらで「灰の谷」ができているのだ。不可思議な農場と言おうか、灰が小麦のように育って、土地をうねらせたり、山になったりする。奇怪な庭園にもなる。ここでは灰が家屋や煙突の形になり、立ちのぼる煙になって、ついには人の形にもなるという離れ業を演じる。ぼんやり動く人《ひと》形《がた》は、もうもうたる粉だらけの空気の中で、早くも崩れかけているようだ。ときどき灰色の車列が来る。どこが道かわからない道をずるずる這ってきて、きしむような怪音とともに停止する。そこへ灰色の男たちが、ずっしり重そうなシャベルを手にして群がり、前が見えないほどの雲を巻き上げるから、ただでさえよくわからない作業がぼやけて全然わからなくなる。

だが、この灰の土地と、ひっきりなしに噴き出して宙を舞う塵芥《じんかい》の上を見れば、T・J・エクルバーグ博士の目があるのだとわかってくる。T・J・エクルバーグ博士の目は青くて大きい——網膜だけでも一メートルに近い。ところが二つの目には顔がない。もちろん鼻もないのだが、ないはずの鼻にかかっているのだろう黄色い眼鏡フレームから、その目はのぞいている。どこかの洒落っ気たっぷりの眼鏡屋が、この一帯での商売繁盛をもくろんだ大看板なのだろう。そのあとで自身が永遠の闇に沈んだか、こんなものは忘れて引っ越してしまったか。いずれにせよ、太陽にさらされ雨に打たれる毎日に、ペンキを塗り重ねられることもなく、そろそろ薄ぼけてきた博士の目は、この凄絶なゴミ捨て場を見おろすままである。

灰の谷は、薄ぎたない川があって行き止まる。はね橋が上がって荷船を通そうとする際は、電車の乗客が待たされて、つまらない景色を三十分ながめていることもある。止まらずに通過できたためしがなく、どう短くても一分は停車する。私がトム・ブキャナンの愛人と出会ったのは、そんな待ち時間があればこそだ。

そういう女の存在は、トムの行くところ、人の噂にならないことがない。客の多いレストランに女を連れて現れては、その女だけテーブルに残しておき、自分は立ち歩いて、つかまえた顔見知りと話し込むというので、おおいに評判が悪い。どんな女なのか一度見てみたいと私も思わなくはなかったが、会って話をしたいような気分ではなかった。ところが会ってしまった。トムと二人でニューヨークへ出ようとした午後のこと、灰だらけの土地で電車が止まると、ひょいと立ち上がったトムが私の肘をつかまえ、まさに力ずくで私まで降ろしてしまった。

「いいから降りよう」と有無を言わせない。「女に会わせておく」

あれは酒の勢いもあったろう。ランチの席で飲みすぎたようだ。何が何でも連れていくという態度が、すでに暴力に近かった。どうせ私など日曜の午後は暇だろうと決めつけるのだから図々しい。

仕方なく私も線路脇の低い白塗りフェンスを乗り越えて、エクルバーグ博士の瞬きもしない目に見つめられながら、百メートルほど、逆戻りして歩いた。このあたりで建物らしきものと言えば、黄色いレンガを積んだ小さな四角形のビルが、荒れ地の外縁にぽつねんと見えているだけだ。どこの町にもあるメインストリートの小型版として、この土地の役に立っているのだろう。まわりには何もない。三軒は入居できるビルの一軒が貸店舗として空いていた。二軒目は終夜営業のレストランで、出入りの客が灰の道をつけている。もう一軒は自動車屋だった。〈ジョージ・B・ウィルソン修理引受・中古売買〉という看板が出ている。トムのあとについて私も店に入った。

これで商売になっているのかどうか、見たところ車は一台しかない。おんぼろフォードが埃だらけで隅《すみ》にうずくまっているだけだ。さては修理屋とは人の目をあざむく仮の姿であって、みすぼらしい店の二階が、じつは豪奢なロマンの部屋になっている、などと考えていたら、店主らしき男が、ぼろ布で手をぬぐいながら奥の事務所から現れた。ブロンドの髪をしている。しょぼくれた男で、まるで覇気がないが、なんとなく顔立ちは悪くない。私たちがいると見て、ほんのり青い目に希望の光をにじませた。

「よう、ウィルソン」その肩をトムが気安くたたく。「どうだい、景気は」

「まあ、どうにか」と、歯切れの悪い返事があった。「で、あの車は、いつ売ってもらえるんです？」

「来週でどうだ。いま、こっちで手入れさせてるから」

「ずいぶん時間かかってますね」

「そうでもない」トムは冷ややかに応じた。「いやならいい。ほかへ行って売るとするか」

「いえいえ、とんでもない」ウィルソンは弁明に追われた。「まあ、その――」

この声がはっきりしなくなって、トムはじれったそうに視線を揺らした。すると階段に足音がして、まもなく肉厚な女の姿が事務所からの光をふさいだ。年の頃は三十半ば。やや太めの体型ながら、たっぷりした肉感が色気を振りまく。そういう女はいるものだ。着ている服は紺地に水玉模様のクレープで、首から上にはまったく美のきらめきがないけれども、全体に活気がみなぎって、あらゆる神経がぷすぷす燃えだしそうにさえ見える。徐々に笑いの広がった顔になり、まるで幽霊を突き抜けるように夫を素通りして、トムの目をまじまじと見ながら握手した。それから唇を舐《な》めておいて、夫に顔を向けもせず、ざらりとした声で言ってのけた。

「あんた、椅子を持ってくれば、坐ってもらえるのに」

「ああ、そうだった」あたふたと答えて、広くもない奥へ行こうとしたウィルソンが、たちまち壁のセメント色に溶け込んだ。黒っぽい服とブロンドの髪に、白い灰がうっすらと積もっている。この近辺では何にでも灰が降ってくる。だがウィルソンの女房だけは違うらしい。その女がトムにすり寄った。

「時間をとってくれ」トムの言葉が熱くなる。「次の電車に乗るんだ」

「わかった」

「じゃあ、着いたら新聞売り場へ」

女はうなずいて去り、入れ替わりにジョージ・ウィルソンが椅子を二つ運んできた。トムと私は店を出て、店からは見えない位置で女を待った。独立記念日を間近にした夏の日に、瘦せこけたイタリア系の子供が線路に癇癪玉《かんしゃくだま》をならべていた。

「ひどい土地だろう」と、トムが言った。エクルバーグ博士の目玉とにらめっこで、渋い顔をする。

「ああ、ひどいね」

「連れ出してやれば気分転換になるのさ」

「よく亭主が黙ってるな」

「ウィルソンが？　あいつなら大丈夫だ。女房は妹に会いに行くと思ってる。ついでに生きてるような、ぼんやりしたやつだ」

というわけで、私をまじえた三人連れで、ニューヨークへ出ることになった。いや、

「連れ」とも言いにくい。イーストエッグの住人の目があるかもしれないとして、ウィルソンの女房は別の車両に乗った。むやみに顰蹙《ひんしゅく》を買うまでもないという用心は、トムにも働くのだった。

女は茶系のプリント柄に着替えていた。ニューヨークの駅に着いて、トムが手を貸して降ろそうとしたら、がっしりした腰まわりに綿モスリンの生地がぴんと張った。新聞売り場でゴシップ週刊誌と映画雑誌を買い、駅の売店ではコールドクリームと小ぶりな香水を買った。それから地上階へ出ると、よく音の響く壮大な駅に来るタクシーを四台までやり過ごし、車体がラベンダー色で内装がグレーの新車らしき一台を止めた。こうして駅の雑踏から日射しの明るい街へ抜け出したのだが、ほとんど進まないうちに、窓を見ていたはずの女が急に前へ身を乗り出して、運転席の仕切りガラスをたたいた。

「ああいう犬、ほしい」と、真顔で言う。「アパートに一匹ほしいわ。やっぱり飼うんなら――犬よね」

いくらかバックして白髪頭の老人に近づいた。これが億万長者のロックフェラーに似ていたのだから滑稽だ。老人が首から提げたバスケットに、まだ生まれて間もない子犬が十数匹、どういう犬種かわからないが、びくついた面持ちで入れられていた。

「どんなのがいるの？」ウィルソンの女房が勢い込み、老人は客と見て寄りつく。

「どんなのでも。何にしましょう？」

「じゃあ、警察犬みたいのがいいわ。あるの？」

老人は困った顔でバスケットをのぞき、手を突っ込んで一匹引き出した。犬は首筋をつかまれて、ぐりぐり動いている。

「そんな警察犬があるか」と、トムは言った。

「まあ、そのまんまってわけじゃありませんが」老人はしょげたような声になって、

「これなんかエアデールに近いですよ」と、茶色いタオルのような犬の背を撫でた。

「いい毛並みでしょう。こいつはなかなか。こういうのは風邪引かないから世話なしです」

「かわいいじゃないの」ウィルソンの女房はすっかり乗り気だ。「いくら？」

「これだったら」老人はしげしげと犬を見て、「十ドルですかな」

というわけでエアデールが——やけに白い足をしているが、たしかにエアデールの系統なのだろう——売買成立となり、これを膝に乗せたウィルソンの女房がうっとり

した表情で、全天候型の毛皮を愛撫した。

「男の子、女の子？」と、おとなしい聞き方をする。

「これだったら、男ですかな」

「メスだ」トムがずばりと言った。「ほら、十ドル。仕入れ値は十分の一だろう」

タクシーは五番街まで来た。夏の日曜日の午後。牧歌的とも言えそうな温暖な陽気だったから、白い羊が群れをなして街角を曲がってきたとしても、たいして驚かなかったかもしれない。

「停まってくれ」と、私は言った。「そろそろ失礼するよ」

「そうはさせない」トムがすばやく口を出した。「アパートに来てくれ。マートルもがっかりする。そうだろ、マートル？」

「そうなのよ。キャサリンに電話して来させるわ。うちの妹、美人だっていう評判なんだから」

「いや、行ってもいいんだが、しかし――」

結局、そのまま走ってセントラルパークの北西側へ抜け、百五十八丁目まで上がった。白くて細長いケーキをスライスしたように、アパートが何棟も連なる。その一切れの前でタクシーが停まった。ウィルソンの女房はお国入りの気分であたりを見まわし、子犬その他の購入品をかかえて、大いばりで建物に入った。

「マキーさん夫婦にも来てもらうわ」と、上がっていくエレベーターの中で言う。「妹を呼ぶのは当然として」

アパートは最上階にあった。たいして広くはない居間と食堂と寝室、および浴室である。ゴブラン織りのソファ・セットが大きすぎて、居間に入ってから歩きまわる余地がない。うっかり動くと、ベルサイユの庭園に揺れる貴婦人の織り柄にぶつかりそうだった。絵は掛かっていない。無理に引き伸ばした写真が一枚あるきりだ。ぼやけた岩の上に鶏がいるのかと思ったが、やや離れて見れば、鶏だったはずのものはボンネットだとわかってきて、がっしりした老婦人の顔が室内に笑いかけているのだった。さっき買った雑誌のバックナンバーがテーブルに出ている。くだらない流行小説や、ブロードウェー関係のスキャンダル雑誌もあった。

ウィルソンの女房は、まず犬にかまけた。エレベーターボーイが藁敷きの箱とミルクを取りに行かされたが、案外気を利かせて、大判の堅い犬用ビスケットの缶を添えてきた。このビスケットの一枚が、午後いっぱいミルク皿に浸されて、ずるずると無為な崩壊を遂げる。トムはというと、鍵のついた引き出しを開けて、さっそくウィスキーの瓶を出していた。

私は酒に酔ったということが二度しかない。その二度目が、あの日の午後だった。日射しが降りそそいで八時すぎまで明るかったが、ぼんやり霞がかかったようにしか覚えていない。ウィルソンの女房はトムの膝に抱きかかえられて、知り合いを電話で呼び出していた。そのうちにシガレットが切れてしまったので、私が近所へ買いに出て、戻ってみればトムも女も居間にはいなくなっていた。やたらにさがすのはまずいと思って、居間に腰を落ち着け、テーブルに出ている小説を手にとった。ある程度読んでみたが、さっぱりわからないということは、よほどにひどい本なのか、飲んだウィスキーのせいなのか。

トムとマートルが——飲みはじめてまもなく、私はウィルソンの女房とも名前で呼び合うようになっていた——ふたたび姿を見せたのと同時に、客の到着が相次いだ。キャサリンという妹は、ほっそりした体つきで、世慣れた感じのする三十前後の女だった。赤毛の髪を短く切って、べったり固めたボブにしている。顔は化粧で乳白色になっていた。眉毛を抜いて、大胆な角度に描き直しているのだが、原状回復をめざす自然の力との兼ね合いで、焦点のぼやけた顔になっていることは否めない。左右の腕に陶製のブレスレットをいくつつけているのやら、ひっきりなしにじゃらじゃら鳴った。来たときから勝手知ったる遠慮のなさで、わがもの顔に室内を見ている。ここに住んでいるのだろうかと思って聞いてみると、はしたない笑い声をあげて、私が言ったことを反復してから、友だちと女二人のホテル住まいなのだと答えた。

マキーという階下の住人は色白の優男《やさおとこ》だった。頬骨に白い泡をくっつけているのだから、髭を剃ったばかりなのだろう。その顔で如才なく誰にでも挨拶していた。自分では「芸術畑」の人間だと言っていたが、あとで写真家なのだとわかった。霊気が漂うように壁に掛かっている老婦人はウィルソンの女房の母親で、ぼんやりした写真を引き伸ばしたのがマキーなのだ。このマキーの妻は、やかましくて、だらけていて、見かけはよくて、いやな女だった。結婚して以来、百二十七回も写真のモデルになったのだと得意満面に語った。

すでにウィルソンの女房は衣装を替えていた。いま着ているのはクリーム色のシフォンを華美に仕立てたアフタヌーンドレスだ。風を切って歩くとはこのことで、さらさらと音を立てている。こういうドレスを着ていると、中身の人間までも変わるようだ。修理屋で会ったときには、ただ元気のよさだけが目立ったが、ここでは見事なまでに驕慢《きょうまん》だ。笑い方も、仕草も、言わんとすることも、とめどなく気取った装いを見せていった。この女が大きくなって部屋が小さく感じられる。しまいには、タバコの煙だらけの室内で、きいきい音を立てる女が一人、ぐるぐる回っているようにさえ思われた。

「まったく、ねえ」と、高調子な声をあげて妹に言う。「油断も隙もありゃしないの。ぼったくりだわ。先週、足の手入れをするっていう人に来てもらったのよ。あとで請求書見たら、盲腸の手術でもしたみたいな値段だもの」

「へえ、なんていう人?」と、マキーの妻が言った。

「ミセス・エバーハート。どこへでも出張して歩いてるわ」

「ところで、そのドレス。すてきじゃないの」

しかしウィルソンの女房は、冗談じゃないわという顔をして、せっかくの誉め言葉をはねつけた。

「しょうもない古着なのよ。体裁を気にしないときに引っ掛けるだけ」

「そんなこと言ったって、すごくお似合いだと思うけど」と、マキーの妻は、この話にこだわった。「そう、そのポーズで撮らせたら、いい写真に仕上がるんじゃないかしら」

はたと静まって、みなの視線が集まった。ウィルソンの女房は目にかかりそうな髪を払いのけ、きらきらした笑顔になって見返す。その姿に目をこらしたマキーは、首をかしげながら目の高さで手をゆっくりと前後に動かしていた。

「光の具合をどうにかしたいな」と、ややあって言う。「陰影の奥行きが欲しいし、うしろの髪の毛がよく見えるといいよね」

「光はこのままでいいんじゃないの」マキーの妻が大きな声を出した。「あたしだったら――」

これを夫が「しっ」と黙らせ、また視線が被写体だけに集まった。するとトム・キャナンが聞こえよがしに欠伸《あくび》をして立ち上がった。

「いいから、もっと飲んでくれ。おい、マートル、氷とミネラルウォーターが足りないぞ。ぼやぼやしてると、みんな寝込んじまう」

「氷ならボーイに言ってあるのよ」マートルはあきれたように眉を上げた。あてにならない下層階級への憤りだ。「ああいう連中ときたら、もう何度言ったらわかるのかしら」

それから私を見て、意味のない笑いを浮かべたと思うと、あたふたと犬のところへ行って陶然とキスをしてから、風のごとくキッチンへ舞っていった。その様子からすると、行った先にはシェフが勢ぞろいして指示を待っているとでもいうようだ。

「このあいだロングアイランドで、いい具合だったよ」マキーが自信ありげに言いだした。

トムは何のことやらという顔をする。

「二枚は額に入れたけどね」

「二枚?」トムが突っかかる。

「ま、習作と言うかな、一枚は『モントーク岬――カモメ』という題にして、もう一枚は『モントーク岬――海』」

ここでキャサリンという妹が私とならんでソファに坐った。

「やっぱりロングアイランドに住んでるの?」

「ウェストエッグに」

「ほんと? パーティがあって行ったわ。ひと月ばかり前かな。ギャッツビーって人の家。知ってる？」

「お隣さんだ」

「あら。それでね、なんでもドイツ皇帝の甥だったか従兄弟だったか、そんなものらしいの。だからお金に困らないんだって」

「ほんと？」

キャサリンはうなずいた。

「でも、おっかない人だわ。こっちのことを知られたくない感じ」

これはおもしろいことを聞いたと思ったら、いきなりマキーの妻がキャサリンを指さして何やら言うので、いまの話は立ち消えになった。

「ねえ、チェスター、この人をどうにか撮れるんじゃないの？」

だがマキーはおざなりに首をうなずかせただけで、すぐトムに話しかけていた。

「できればロングアイランドの風景に分け入ってみたいんだな。何かきっかけがあるといいんだが」

「じゃあ、マートルに言えばいい」ちょうどウィルソンの女房がトレーを持ってきたところで、トムはぷはっと笑った。「紹介状くらい書いてくれるんじゃないか。な、マートル？」

「何をどうするって？」びっくりしたような答えが返った。

「亭主宛てに一筆書いてやれよ。習作のモデルになってもらおう」トムはもぞもぞ口を動かして案を練った。「給油をするジョージ・B・ウィルソン像、とか何とか」

ここでキャサリンが私にすり寄って耳打ちをした。

「あの二人、どっちもどっちで、連れ合いに我慢ならないのよ」

「そう？」

「そうなの」と、マートルへ、それからトムへと目をやる。「ま、あたしに言わせればさ、そんなに嫌いなら、なんで一緒に暮らしてるのかって思うのよ。さっさと別れて、片割れ同士くっつけばいいだけのことでしょ」

「あの人も亭主のことを嫌ってる？」

すると思いがけずマートル自身から反応があった。ちゃんと耳に入れていて、あけすけな答えをたたきつけたのだ。

「ほらね？」キャサリンは、それ見たことかと言わんばかりだが、ふたたび声をひそめて、「あっちの奥さんがいるから動きがとれないのよ。カトリックだから離婚はいけないってことでさ」

デイジーがカトリックということはない。何をか言わんや、えらく念の入った嘘が出てくるものだ。

「でも、うまくいったら――」と、キャサリンが先のことまで言った。「ほとぼりが冷めるまで、しばらく西部へ行くんじゃないかしら」

「どうせならヨーロッパのほうが安全圏じゃないかな」

「あら、そっちがお好み？」意外そうに頓狂《とんきょう》な声をあげる。「あたし、モンテカルロへ行ってきたの」

「あ、そう」

「去年行ったばかりよ。女の友だちとね」

「しばらく行ってた？」

「行って帰ってきただけ。マルセイユ経由で行って、千二百ドルは持ってったんだけど、特別室のゲームで二日後にはすってんてんに巻き上げられちゃった。もう帰ってくるだけで大変だもの。あったま来るわ、あの町」

暮れかかる空が、蜂蜜を青くしたような地中海の色を窓に咲かせた――と思ったとたんに、マキーの妻のきんきん声がして、この部屋の現実に戻された。

「あたしだって、危ないとこだったのよ」と、堂々の論陣を張っている。「ずっと言い寄ってきてた男がいてさ、もうちょっとで夫婦になってたかもしれない。でもユダヤの小男だったし、あたしだって安売りはしたくない。みんなに言われっぱなしだったわ。ねえ、そんなに安っぽい女じゃないんでしょ、なんてさ。だけど、もしチェスターに会わなかったら、あやうく転ばされたかもしれないのよ」

「そうかもしれないけど」マートル・ウィルソンが首を上へ下へと動かした。「そんなのと所帯を持ったわけじゃないでしょ」

「そりゃ、まあね」

「あたしは、そうなったの」真意のわからない言い方だ。「そこんところが、あんたの場合とは違うのよ」

「でも、なんでまた」と、キャサリンが突っ込んだ。「無理にくっつけられたわけじゃないでしょうに」

マートルはじっくり考えてから答えた。

「それなりに紳士だと思ったのよ。もうちょっと教養があるかと思った。あれじゃあ這いつくばってもらいたくもないわ」

「いかれてた時期もあるくせに」と、キャサリンは言う。

「いかれて?」冗談じゃないわよという叫びだ。「そんなこと誰が言ったの。あれにいかれたって言うなら、そっちの人にもいかれたようなもんだわ」

そっちの人と言って指をさすのが私なのだから、うさんくさそうに見る目が集まってしまった。私としては、マートルの過去とは無関係だという顔をするしかない。

「何がいかれてるって、あんなのと夫婦になったんだから頭がいかれてたのよ。しまった、と思ったときは後の祭り。結婚式の衣装だって誰かの借り着だったのに、あたしには言わないんだもの。あとで亭主の留守中に持ち主が取りに来て――」と、あいったん聞いている相手がいるのを見てから、「あら、そうだったんですか、ちっとも知らなくて、なんて言って返したのはいいけど、ひとりで突っ伏して、夕方まで倒れたまんま、わんわん大泣きしちゃったわ」

「やっぱり別れたらいいのよ」キャサリンがさっきの話に戻した。「あの修理屋の二階に、もう十一年も暮らしてるわ。初めて浮気したのがトムなのよね」

ウィスキーのボトルが――もう二本目になっている――引っ張りだこで飲まれてい

た。キャサリンだけは「全然飲まなくても酔った気分でいられる」とのことで手を出さない。トムはベルを鳴らして雑用係を呼び、サンドイッチを買いに行かせた。それだけで食事になるという名物のようだ。もう私は帰りたくなっていた。東へ歩けば公園へ向かう。やわらかな夕暮れの町を抜けようと、何度となく腰を浮かしたのだが、そのたびに突拍子もない激論に巻き込まれ、ロープで引かれるように椅子に戻った。しかし、だんだん暗さを増す街路から見上げる人がいたならば、この最上階に連なる黄色い窓の列もまた、誰が何をしているのかわからない都会の風景の中にあったろう。私は見上げて首をかしげる男でもあった。内部の人間であり部外者でもあった。さまざまな暮らしがあるものだと思って、魅惑されながら反発していた。

マートルが椅子ごと私に寄ってきた。ふわっと降りかかる熱い息があって、トムとの馴れそめを聞かされる。

「電車で差し向かいになっちゃったのよ。そういう座席って、よく最後まで空いてるでしょ。あたしはニューヨークへ出て、妹の家に泊まるつもりだった。トムはタキシード着て、黒いエナメルの靴はいて、あたしったら目が釘付けになっちゃってさ、こっち見られるたんびに、トムの頭の上の広告見てるみたいにごまかすの。でも駅で降りようとしたら、へんに近づいてきて、あたしの腕にシャツの胸を押しつけるんだもの。へんなことしたら警官呼ぶわよって言ったんだけど、呼ぶわけないって見抜かれてた。もう何が何だか、ぽうっとしちゃって、ほんとは地下鉄に乗るんだったのに、なんだか二人でタクシーに乗ってて――だって人生は一度きり、一度きり、なんてことばっかり考えてた」

これだけ言うと、今度はマキーの妻に顔を向けた。取って付けたような笑いが部屋に鳴り響く。

「あのさあ、このドレス、あたしが着なくなったらあげるわよ。あした、また一着買うんだわ。どうやってお金使うかメモしとかなくちゃ。マッサージ、パーマ、犬の首輪、発条《ばね》でぱっちんと閉まる灰皿。それから黒いシルクのリボンがついた花輪。母のお墓に供えたいから、夏の終わりまで保《も》つようなのがいいな。ちゃんと書いとかないと忘れちゃいそう」

これが九時。ほどなく時計に目を落としたら、もう十時になっていた。マキーは椅子に坐ったまま、膝の上の手を握りしめて眠っている。行動する人物の像、とでもいうところか。その頬にくっついて乾いている髭剃りの泡が昼間からずっと気になっていたので、私はハンカチを取り出してぬぐってやった。

例の子犬はテーブルの上に置かれて、ろくに見えていない目でタバコに煙る部屋を見ようとする。くうーん、と鳴くこともある。がやがやと人の出入りがあり、どこやらへ行こうという相談があって、たがいに見失って、さがしてみれば間近にいたりする。そろそろ真夜中という刻限に、トム・ブキャナンとウィルソンの女房が顔をつきあわせて、立ち話の声を荒くした。こんなところでデイジーの名前を出すな、というのが争点のようだ。

「デイジー！　デイジー！　デイジー！」と、ウィルソンの女房はわめきたてる。「あたしが言いたくなったら何度でも言わせてもらうわよ。デイジー！　デイ――」

小さくすばやい手の動きで、トム・ブキャナンは女の鼻が曲がるほどにひっぱたいた。

あとはもう、血のついたタオルがバスルームに散乱し、あれこれと口々に言い立てる女の声がやかましい中に、ひときわ高く痛がって泣く声が、ひいっ、ひいっと尾を引いた。居眠りのマキーも目を覚まし、ふらふら出ていこうとしたが、途中で振り向いて目を丸くした。自分の妻とキャサリンがやかましく、またやさしく、ものを言いながら、手狭な部屋の家具セットにぶつかりそうになって救急用品を運び、へたり込んでいる女は、するする流れて止まらない血でベルサイユの織り柄をよごすまいと、世をはかなみつつもソファに雑誌を広げていた。これを見たマキーがふたたび出ていこうとするので、私もシャンデリアに掛かっていた帽子をとって部屋を出た。

「そのうちランチでもいかが？」ごんごんと降りるエレベーター内で、マキーが言った。

「どこへ？」

「どこでも」

「レバーに手を触れないでくださいっ」と、エレベーターボーイが言った。

「おや、これは失敬」マキーは悠然と応じる。「手が出ていたとは」

「そうですね」と、私は言った。「行きましょう」

……ベッドに坐る男の横に立っていた。すでに男は下着姿で、大きな写真ファイルをかかえて、作品を見せてくれる。

「美女と野獣……孤独……雑貨屋の老いた馬……ブルックリン橋……」

気がつけばペンシルベニア駅の地階にいた。朝の空気がひんやりする。「トリビューン」の紙面に半分眠ったような目をこらし、四時の始発を待っていた。

第三章

夏の夜には、隣家からの音楽が絶えなかった。青々とした庭から庭へ、若い男女が蛾の群れのように行き来して、ささやき声とシャンペンと夜の星に包まれる。午後の満潮時には、海に張り出した飛び込み台がにぎわう。専用ビーチの熱い砂で太陽を浴びる人もいる。入り江の沖では二隻のモーターボートが海面を切り裂き、うしろに引いたサーフボードが白く湧く波に乗り上がる。週末にはロールスロイスが送迎バスに転じて、午前九時から真夜中すぎまで屋敷と市内を往復する。ステーションワゴンは黄色い昆虫がちょろちょろ動きまわるように忙しく、電車が着くたびに駅まで出ていく。そうこうして月曜日になると、応援の庭師も来て総勢八名の使用人が、モップ、たわし、ハンマー、植木ばさみを手に、終日の労働にいそしんで前夜の狼藉《ろうぜき》の後始末をする。

金曜日にはニューヨークの果物屋からオレンジとレモンが五つの大箱で届いて、半分に切られ、搾りつくされ、残骸の山になって月曜日の勝手口から出ていく。この家の厨房にある機械なら、三十分間に二百個分のオレンジ果汁がとれる。執事の親指がボタンを二百回押すという条件さえあれば、そうなる。

二週間に一回は、模様替えの作業班が来る。テント用の布が百メートルや二百メートルは持ち込まれ、色あざやかな電飾はギャッツビー邸の庭全体を巨大なクリスマスツリーと化してしまいそうだ。立食式のテーブルには光彩を放つばかりのオードブルがならんで、香味仕立てのベークドハムと、道化の衣装のような模様になったサラダ、魔法にかかって黒っぽい黄金色に変身した豚や七面鳥といった形のペストリーが、押し合いへし合い盛りつけられる。主会場となるホールでは、本物の真鍮《しんちゅう》レールをつけたバーが出現し、ジンやリキュールその他の酒類がたっぷり仕入れてあるのだが、こんなものは忘れたことになっている禁酒法のご時世だから、パーティの客の中でも若い女だと酒にどんな区別があるのかわからなくなっている。

七時になれば、もう楽団が来ている。五人やそこらの小編成でごまかすのではない。オーボエ、トロンボーン、サクソフォン、弦楽セクション、コルネット、ピッコロ、各種のドラムを取りそろえたオーケストラなのである。最後まで泳いでいた人もビーチから上がってきて、二階で着替えている。ニューヨークから乗りつけた車が五列になって駐車して、ホールにもサロンにもベランダにも、くっきりした原色の衣装と、昨今流行《はや》りの短髪と、スペインの本場物でも追いつけないような見事なショールが、いやでも目につく。すでにバーは大盛況で、外の庭園にもカクテルが飛ぶように出まわっている。しゃべり声、笑い声が充満し、あれこれと人の噂が飛びかって、誰それと紹介されたとたんに忘れていて、名前も知らない女同士が初対面で熱っぽく語り合う。

地球が太陽から顔をそむける頃合いに、ますます明かりの色が濃くなって、楽団がカクテルに伴奏をつける音も黄色く染まる。にぎやかに響き合う声はオペラのように、一段と調子を上げている。気軽な談笑はますます気軽になる一方で、いかにも屈託がなく、愉快なことが言われるたびに、どっと笑いが振りまかれる。各所に人が集合して、入れ替わりが激しい。新規の参入があって人数がふくらんだと思えば、すぐに散らばって、ほかで固まる。若い女が平気でふらふら動きまわるようになっていて、ほかの落ち着いた集団を縫うように移動しては、どこかの中心になって一花咲かせたと思うと、また意気揚々と次の場へ進む。絶え間なくゆらめく照明のもと、人の顔と声と色彩の海を浮遊して、くるくる変わり身を遂げている。

と、そんな放浪の女が一人、オパール色の服を揺らして、どこからかカクテルをひったくり、景気づけにあおってからキャンバス敷きの舞台へ出ていって、さかんに腕を動かせば、はたと一瞬あたりが静まる。ここで楽団のリーダーが気を利かせ、うまくリズムを合わせてやると、あれは素人ではなくブロードウェーで主役の代役として控えている女だという、まことしやかな説がいっせいにささやかれる。いよいよパーティの始まりだ。

私が初めてギャッツビー邸へ行った夜は、まともに招待されたという意味で、めずらしい客だったと言えるだろう。たいていは押しかけて行くだけだ。ロングアイランドへ向かう車に運ばれて、ギャッツビー邸に行き着いている。着いてしまえばギャッツビーに引き合わされ、あとはもう遊園地にでも来たようなつもりでいればよい。どうかすると、この家に出入りしながら、ギャッツビーとは会ったことがないという客もいるが、ともかくも来てしまえば、それが入場券なのである。

私は招待を受けていた。その日、土曜日の朝だったが、いわゆるコマドリの卵色という青みがかった制服姿の運転手が、雇い主の手紙を携えて、隣家から芝生を抜けてやって来た。えらく丁重な文面で、今夜、「拙宅の小宴」にご来臨くだされば、まことに光栄のいたり云々とある。どうやら何度か私を見かけたようで、いずれお目にかかりたいと思いながらも、諸般の事情でやむなく延びのびになっていたとして、ジェイ・ギャッツビーという麗々しい筆跡の署名が添えられていた。

私は夏用の白いフランネルのズボンにはき替えて、隣の芝生へ出ていった。七時をいくらか回っていた。知らない人ばかりの乱雑な渦に巻き込まれ、ふらふら歩いて、あまり楽しめる心境ではなかったが、たしか通勤の電車で見たようだと思う顔もなくはなかった。ふと気づいて意外だったのは、若いイギリス人が多く来ていたことだ。身なりを整えた姿があちこちに見受けられた。いささか欲の張った顔になり、低く落とした真剣な声で、資産ありげなアメリカ人に語りかけているのだった。なにやら売り込もうというのだろう。債券か、保険か、自動車か。何にせよ目先の金儲けに必死である。もう一押し、うまい言い方ができれば、この商談はこっちのものだ、という胸算用が痛々しい。

私はすぐにでも当家の主に会おうとしたのだが、どこにいるのだろうと思って二、三の人に聞いてみると、いずれもびっくり仰天の顔になり、どこでどうしているのか知るわけがないと逃げてしまう。これでは仕方ないということで、私はカクテルを出しているテーブルに寄っていった。連れのいない男一人がうろうろして所在ない印象をまぬがれるとしたら、それしかない。

とはいうものの、いくら何でも話が違う。こうなったら飲んだくれてやろうかと思っていたら、邸内から出てきたのがジョーダン・ベイカーだった。庭を見おろす大理石の階段に立ち、いくぶん身体を反らせて、小馬鹿にしたような表情を浮かべている。

歓迎されるかどうかわからないが、ともかく話し相手としてつかまえようと思った。このままでは通りかかる誰にでも気安い口をきいてしまいそうだ。

「よう！」と言って近づいた私の声が、へんに大きく庭に響いた。

「来てるかもしれないと思った」あまり気のない返事が、階段を上がりかけた私に向けられる。「たしかお隣だったはず――」

と、一応は手をとってくれたので、いますぐ相手をしてもよいという意思表示はわかったが、とりあえず耳は階段下へ行っているようだった。おそろいの黄色いドレスを着た二人の女が、通りすがりに足を止めたのだ。

「あら、どうも」二人が声をそろえる。「惜しかったわね」

ゴルフのトーナメントの話だろう。先週、ジョーダンは決勝で敗退したのだった。

「お見忘れですよね」と、黄色ドレスの一人が言う。「ひと月くらい前にも会ってるんだけど」

「あれから髪を染めたみたいね」とジョーダンがすかさず応じたのには、おや、と思わなくもなかったが、すでに二人はとことこ歩きだしていた。せっかくの返事だったのに、これでは月に話しかけたも同然だ。うっすらと出たばかりの月である。夕食を届けた業者が、ついでに出していったような月だった。それからジョーダンのすっきり長い黄金色の腕が、うまいこと私の腕と組まれる成り行きになったので、ならんで階段を下り、そのまま庭園内をぶらついた。カクテルを載せたトレーが夕暮れの宙に浮いて寄ってくる。黄色ドレスの二人組、および三人の男との相席で腰をおろした。どの男もいいかげんに紹介され、むにゃむにゃした名前になっていた。

「よく来るの？」と、ジョーダンが隣の女に問いかける。

「こないだ来たとき、お会いしたんだったわね」もの怖じしない答えだ。連れの女にも話を振って、「そっちはどう、ルシル？」

そっちもそのようだ。

「楽しいわよ」と、ルシルは言う。「なんてったって来ればおもしろいから。こないだなんて、イブニングガウンを椅子に引っかけて鉤裂《かぎざ》きにしちゃったんだけど、そしたら名前と住所を聞かれて――一週間もしないうちに〈クロワリエ〉から新品が届いたわ」

「で、もらっといた？」と、ジョーダンは言う。

「そうよ。今夜、着てこようかと思ったら、上半身だぶだぶで、仕立て直さないと着られないの。全体に霞がかかったようなブルーね。ラベンダーのビーズがついてる。二百六十五ドルなり」

「そこまでするってところが変わってるわ」もう一人の女が勢い込んだ。「何が何でも人とのトラブルは避けたいってことでしょ」

「誰の話？」と、私は言った。

「ギャッツビーよ。噂によれば――」

二人連れの女とジョーダンが内緒話に顔を寄せ合った。

「噂によれば、人を殺したこともあるらしいの」

これには全員がぎくりとした。むにゃむにゃの三人男も身を乗り出して聞き耳を立てる。

「それはどうかしら」ルシルという女が疑義を呈した。「どっちかというと戦争中にドイツのスパイだったなんて線じゃないの」

そのとおり、とうなずく男がいた。

「ギャッツビーを知り抜いている人物から聞いたことがある。ドイツで幼なじみだったというんだ」と自信たっぷりである。

「そんなはずないわよ」と、最初の女が言う。「だって戦争中はアメリカの陸軍にいたらしいんだもの」これでまた女の話に信憑性があるように思われ、女がここぞとばかりにせり出した。「人目がないと思ってるときのギャッツビーを見るといいわ。あれは絶対、人を殺してる男よ」

そう言うと、こわがった目になって身震いする。ルシルもぞっとしたようだ。まさか近くに当人がいたりしないかと、誰もが周囲をうかがった。いつも遠慮のない口をきいている面々が、つい声をひそめたくなるのだから、いかにギャッツビーが風変わりな憶測を呼ぶ男なのかとわかる。

一回目の夕食が供されることになり——真夜中すぎに二回目がある——ジョーダンに誘われるまま、その仲間に入れてもらった。庭園を突っ切った反対側でテーブルを囲む。夫婦が三組と、ジョーダンのエスコート役で若い男が来ていたが、これは言いたい放題の生意気が鼻につく大学生だった。いずれはジョーダンを自分の女にできると思っているらしい。この席だけは浮かれたところがなく、上流の趣味でまとまっている。昔の気質の保存会になっていると言おうか、イーストエッグがウェストエッグを見おろしながら、絢爛《けんらん》たる歓楽の風景に警戒を解いていないのだ。

「行きましょ」と、ジョーダンに小声で言われた。すでに三十分ほども、どうということのない時間がたっている。「ここはお行儀がよすぎるわ」

それで席を立ったのだが、ジョーダンはこの家の主人をさがしに行くと言った。まだ会ったことのない私には気になるだろうから、ということだ。例の大学生は、皮肉まじりの憂い顔でうなずいてみせた。

まずバーをのぞいた。人の数は多いがギャッツビーはいない。ジョーダンが階段上から見まわしてもわからない。ベランダにも見つからない。こうなったら運まかせで、もっともらしいドアを開けて入ってみると、天井の高いゴシック風の書斎になっていた。イングリッシュオークの板材に彫刻を施して内装に使っている。どこやらの旧家から、そっくりアメリカへ移築した部屋なのかもしれない。

ずんぐりした中年男が、フクロウの目のような特大の眼鏡をかけて、いささか酔ったというように大きなテーブルに腰かけていた。定まらない目をこらして書棚を見ようとする。来合わせた私たちに、くるりと興奮気味に振り向いて、ジョーダンを頭のてっぺんから足の先まで検分した。

「どう思う?」と、せっかちに問いかける。

「どうって、何が?」

男は書棚に向けて、手をひらひら動かした。

「これだってば。いやあ、もう確かめるにはおよばない。ちゃんと確かめた。こりゃ、本物だ」

「本のこと?」

男がうなずく。

「まちがいない。ページから何からそろってる。よくできた厚紙の工作かと思ったが、いやあ、まちがいなく本物だ。ページから何から——じゃや、見せてやる」

どうせ嘘だと思うだろうと言いたいのか、男は本棚へ飛んでいって、『ストッダード世界紀行』の第一巻を抜いてきた。

「ほら！」と、えらく威勢がよい。「れっきとした書物だろう。やられたね。小道具に実物とは、おみごと。芸が細かい。なかなかのリアリズムだ。やりすぎにもなってない。ろくに読んでもいない新品だからな――。で、ここへ何しに来た？　何のつもりだ？」

男は私に持たせていた本をひったくり、あたふたと書棚に戻した。せっかくの蔵書なのに、もし一冊でも欠品が出たら、ぶち壊しになってしまう、と口の中でつぶやく。

「誰に連れてこられた？　それとも、ただの押しかけか？　おれは連れてこられた。たいていそんなもんだろう」

ジョーダンはぴくりと反応し、にこやかな顔で、相手がしゃべるにまかせた。

「おれはローズヴェルトって女に連れてこられた。クロード・ローズヴェルトという男の奥さんだそうだが、知ってるか？　きのうの晩、どっかで会ったんだ。おれは一週間も酔いが覚めてないから、もし本に囲まれたら、いくらか酒が抜けるんじゃないかと」

「抜けた？」

「ちょっと、かな。まだわからん。一時間前に来たばっかりだ。ところで本の話はしたかな。こりゃ本物だぞ。こりゃ——」

「うかがいました」

おごそかに握手をかわしてから屋外へ退去する。

庭園ではキャンバス敷きの舞台でダンスが始まっていた。いい年をした男が若い娘を押し倒さんばかりにして、いつまでも不格好な輪を描いている。これが上等な組であれば、くねるような流行の形に抱き合って、一定の場所から外れることがない。また案外、一人で来ている女も多くて、それぞれ単独で踊っていたり、楽団に飛び入りでバンジョーや打楽器を引き受けたりもしている。そんな宴会が真夜中にも盛んになる一方だ。名高いテノール歌手がイタリア語で歌い、評判の悪いアルト歌手がジャズ風に歌っていた。その合間にあちこちで素人芸が披露されて、からっぽな笑い声が夏の夜空に打ち上がる。まるで双子のような芸人が——さっきの黄色ドレスの二人組だとわかったが——ステージ衣装をつけて幼い寸劇を演じた。フィンガーボウルよりも大きなグラスで、シャンペンが出まわる。月は空に高い。海峡の水面には銀波が大きな三角形に浮かび上がり、芝生の庭でかき鳴らされるバンジョーの音に合わせて、ゆらゆら小刻みに揺れている。

私はずっとジョーダン・ベイカーにくっついていた。このとき相席になっていたのは私と似たような年格好の男と、やたらに騒がしい小娘だ。ほんのわずかなきっかけでも、けらけら笑いころげて止まらなくなる娘だった。だが私もだいぶ気分が乗っていて、フィンガーボウルまがいのグラスでシャンペンを二杯あけたら、目の前に展開する情景が、にわかに意義深く、世界の根源であるとさえ思えていた。

ふと風が凪《な》いだように静まった頃合いに、相席の男が私に笑顔を向けてきた。

「どこかでお見かけしたような」と、ていねいな口をきく。「戦時中、第三師団にいらしたのでは?」

「ええ、そうですとも。第三師団の第九機銃大隊」

「同じく第七歩兵連隊です。一九一八年の六月まで所属しました。どうりでお見かけしたようだと思った」

それで戦地の話になった。雨雲が垂れ込めるフランスの村の話――。この男も近所の住人であるらしい。水上飛行機を買ったばかりで、あすにでも飛ばすのだと言う。

「ご一緒に、いかがです？　そのへんの海岸線ですが」

「何時に？」

「ご都合次第で、いつでも」

さて、お名前は、と口に出かかったところへ、ジョーダンが私を向いて笑った。

「お楽しみかしら」と聞きたがる。

私は「おもしろくなってきた」と言ってから、いま知り合ったばかりの男へ、「まあ、変わったパーティだと思ってるんですよ。なにしろホスト役が見あたらないんですから。私はすぐ隣に住んでまして――」と、ここからは見えない生け垣のほうへ手を向ける。「ギャッツビーなる人物からの招待状を運転手が持ってきましてね」

すると、男が怪訝そうな顔をした。

「私《わたくし》なのですが」と、いきなり口にする。

「えっ！」つい大きな声を出してしまった。「これはどうも失礼なことを」

「ご存じかとばかり。いや、ホストとしては、けしからんことです」

ギャッツビーの顔が笑った。すっかり心得た人の顔――いや、それどころではない、どこまでも安心させてくれる表情だ。こんな笑顔に出会えることは一生のうちに四回か五回もあるだろうか。まず外界をしっかり見た顔が、その見てとった世界から絞り込んで、こっちだけ見ていてくれるというような、格別のありがたみがある。こちらの自意識のままに、見てほしいと思うとおりに見られていて、最も好ましい印象として伝わっていると思わせてくれる顔だった。だが、そう思ったとたんに、そうではなくなった。いま目の前にいるのは、都会になじんだとはいえしょせんは田舎者の、三十を一つ二つ出た男である。やけにかしこまったしゃべり方は、ばかばかしくなる一歩手前と言ってよかろう。たったいまギャッツビーと名乗るのを聞くまでは、よくもまあ言葉遣いにこだわる男がいるものだと思っていたのではないか。

ともかく、こうして正体が知れたのだが、そこへ飛んできた執事が、シカゴからお電話ですと伝えたので、中座するギャッツビーはその場の客にひとわたり会釈をした。

「では、何なりと、ご遠慮なく」と、私に向けて言う。「ちょっと失礼。あとでまた参ります」

その姿が消えてから、私はジョーダンにすり寄った。びっくりするじゃないかと言ってやりたい。なんとなく、ギャッツビーという人物は、でっぷりした赤ら顔の中年男ではないかと思っていた。

「何なんだ。どういうやつだ」

「だから、ギャッツビーっていう人」

「いや、どこの生まれとか、仕事は何だとか、そういうこと」

「あら、えらく乗ってきたじゃないの」ジョーダンがうっすらと笑みを浮かべた。

「そうねえ、オックスフォードの出だって言ってたけど」

おぼろげな背景が浮かんできたかに思えたが、ジョーダンの次の言葉であえなく消えた。

「それはないと思うわ」

「どうして?」

「どうってことはないけど、そうとは思えないのよ」

そんな言い方に、さっき聞かされた「人を殺したこともあるらしいの」という噂を思い出し、なおさら好奇心をそそられた。このときの私なら、ギャッツビーがルイジアナの沼地から湧いたと言われようが、ニューヨークのスラム街の出だと言われようが、素直に受けとったことだろう。そうであっても不思議ではない。しかし若い男が——少なくとも都会に不慣れな私の乏しい経験で考えれば——どこからともなく流れてきて、いきなりロングアイランドの海が見える豪邸を買い取るというのはおかしい。

ジョーダンは「ま、大きなパーティを開いてくれる人だから」と話をそらした。細かいことをつつくのは都会派の趣味ではないのだろう。「パーティは大きいほうがいいわ。気楽だもの。小さいと、どこにいても丸見えで」

するとバスドラムの太い音が響いた。楽団のリーダーの声が、庭園のざわめきに押しかぶせるように発せられる。

「それでは皆さん、ここでギャッツビー氏のリクエストにより、ウラディミール・トストフ作の新曲をお届けしましょう。去る五月、カーネギーホールでの公演にて、おおいに注目を集めたもの。すでに新聞でご存じの方もありましょう。大評判でありました」ここでリーダーは、茶目っ気のあるところを見せて、「ま、かなりの評判！」と笑いを誘った。

なかなかの名調子になって、「さて、この曲、ウラディミール・トストフが案内する——ジャズの世界史、となっています」

だが、せっかくの趣向を、私は聞き逃すことになった。この曲が始まってまもなく、ギャッツビーの姿を目にしたからだ。大理石の階段に一人で立って、会場のあちこちに寄り集まる人々に、これでよし、という目を向けていた。日に焼けた顔は肌が引き締まって、短髪は毎日でも手入れさせているようだ。この人物に邪悪なところがあるとは思えない。みずからは酒を飲んでいないせいもあって、客とは一線を画すように見えるのかもしれない。ますます盛り上がる宴会で、ますます姿勢を正しているのではなかろうか。

「ジャズの世界史」が終わると、若い女が子犬のように人なつこく、男の肩に顔を寄せていた。うしろへ卒倒するような格好で男に抱かれていたりもする。どうせ誰かが支えてくれるという見込みで、なんとなく男がいるほうへ倒れることもある。だがギャッツビーにだけは倒れかかる女がいない。フレンチボブの頭がしなだれかかることもない。ギャッツビーを引き入れて四重唱団ができあがることもない。

「失礼いたしますが――」

いつのまにかギャッツビーの執事が背後に来ていた。

「ベイカー様ですね？　ミスター・ギャッツビーから内々でお話がございます」

「わたしに？」ジョーダンがびっくりした声を上げる。

「はい、さようで」

立ち上がったジョーダンは、たまげたわという顔をしてから、執事のあとについて邸内へ向かった。イブニングドレスの後ろ姿を見ていると、いや、何を着てもそうなのだろうが、まるでスポーツをする服装だ。身のこなしに躍動感があった。よちよち歩きを始めた幼い日々から、さっぱりした朝のゴルフ場に出ていたのではないかと思わせる。

また一人になった。そろそろ二時だ。さっきから妙な音が聞こえている。テラスの上の、窓がいくつもあって間口の広い部屋から、がやがやと気になる音が伝わるのだった。ジョーダンにくっついて来た学生は、二人のコーラスガールを相手に会話らしきものを生み出そうとして、私まで引き入れたがる。これを敬遠しておいて、私も邸内へ行った。

広い部屋に、大勢の人がいた。黄色ドレスの一人がピアノを弾いていて、その隣に立って歌うのが長身で赤毛の若い女である。名の通った舞台にも出る人のようだ。飲んだシャンペンの量は相当なものらしい。歌っているうちに世をはかなむ心境になったと見えて、歌と涙がいっしょくたになっている。ひとしきり歌って節目が来ると、しゃくり上げるように泣く。そしてまたソプラノの声をふるわせて情緒たっぷりに歌い上げる。その頰を涙がはらはら伝い落ち、と言いたいところだが、そう簡単にはいかない。あふれる涙は、まず泣き濡れた睫毛に接触してマスカラの色をもらう。そして黒インクのような細い流れをくねらせる。だが、顔に音符が書いてある、という声がかかるにおよんで、さっと両手を上に向けた女は、どっかり椅子に沈み込んで、深々とした酒の眠りに落ちていった。

「なんだか喧嘩したみたいよ。亭主と称する男らしいわ」と、すぐ隣にいる女が教えてくれた。

そう言われて見まわせば、たいていの女が夫ということになっている男と争っているようだ。ジョーダンの仲間だったはずの顔もある。イーストエッグの夫婦が分裂抗争の最中だ。一人の男が若手の女優に熱烈に話しかけていて、そのご執心ぶりを余裕で笑ってやろうとした妻も、ついに我慢しきれなくなって、側面からの波状攻撃を仕掛けるにいたった。ひょいと夫の耳元へ、怒れるダイヤモンドのように顔を出し、

「約束したでしょうに！」と息巻く。

しかし、まだ帰りたくない気分なのは、ふらふらした男だけではないようだ。いま

玄関ホールには二組の夫婦がいて、男二人は嘆かわしいほどに醒めているが、それぞれの妻は憤激がおさまらず、まったくよねえ、などと言い合う。

「あたしが楽しんでると見ると、すぐ帰ろうって言いだすの」

「こんな勝手な話ってないわね」

「いつも真っ先に帰らされる」

「うちだってそうだわ」

「おい、もう今夜は帰ってない人のほうが少ないぞ」どっちかの夫が、そうっと口を出した。「楽団だって三十分も前に引き上げた」

信じがたい横暴だ、と二人の女はそろって考えていたのだが、事態は案外あっさりと収束することになり、どっちの妻も足をばたつかせながら抱き上げられて、夜の闇へ連れ出された。

私が帽子を受けとろうとしている待ち時間に、書斎のドアが開いて、ジョーダン・ベイカーとギャッツビーが出てきた。ギャッツビーは最後に何やら夢中で言いかけていたが、帰りがけの挨拶をする客が寄ってくると、きりっと引き締まった謹厳な態度をとった。

すでに玄関の外へ出ていたジョーダンの仲間が、じれったそうに呼びかける。だがジョーダンはあわてることなく握手をかわす時間をとっていた。

「いま、あっと驚くことを聞かされたわ」と、声をひそめる。「どれくらい書斎にいたかしら」

「そう、一時間くらいかな」

「まったく、驚いたもいいところ」ジョーダンは、ぼんやりと同じことを繰り返す。「でも、うっかり言えたものじゃないわ――なんて、じらしてるみたいだけど」そう言って、ふわあっと欠伸《あくび》をしたところが、なかなか美しい。「うちへ来てくださいな……電話帳に……シガニー・ハワードっていう……叔母の名前で……」しゃべりながら急ぎ足になって、日焼けした肌色の手を小粋に振ると、ドアの外で待つ一行に溶け込んだ。

私は初めて来た日にすっかり長居をしてしまったと思いながら、最後まで残ってギャッツビーを取り巻いた客にまじった。じつは宵の口から会おうとしたとか、庭園で会ってわからなかったのは申し訳ないとか、そんなことを言っておくつもりだった。するとギャッツビーは私を押しとどめるように、「かまいませんよ。もういいじゃありませんか」

心安い言い方をしたつもりなのだろうが、私の肩にさらりと触れた手の動きと同じく、あまり気の置けないものにはならなかった。「では、あすの朝、九時に飛びますので、お忘れなく」

すると執事が背後に来て――

「フィラデルフィアからお電話です」

「わかった、すぐ行く。すぐだと言ってくれ。……おやすみなさい」

「おやすみなさい」

「おやすみなさい」ギャッツビーの顔が笑った。こうなると最後まで居残ってよかったという雰囲気になる。それこそギャッツビーの望むところだったのか。「では、おやすみなさい……おやすみ……」

だが、階段を下りていったら、まだまだ夜が終わったとは思えなくなった。玄関を出て十五メートルほどの地点で、数台の車がヘッドライトを集め、おかしな騒動の現場を浮かび上がらせていた。側溝に落ち込んだ車が一台、ひっくり返ってはいないのだが、車輪が一つもげている。この新車のクーペが走り出してから、まだ二分とたっていないだろう。塀の一角が意外に出っ張っていて事故につながった。はずれたタイヤを数名の運転手がしげしげと見ている。ところが、それぞれの車を放ったらかして道をふさいだままなので、つかえている後続車からけたたましい抗議のクラクションが鳴りっぱなしで、現場の混乱に拍車をかけていた。

事故車からは運転用らしいダスターコートを着た男が降りて、道の真ん中に立ち、車からタイヤへ、さらに見物人へ、いやはやという目を向けていた。

「いや、これは、溝に落ちたのだな」と解説をする。

とんでもない驚異という面持ちだ。こうまで驚くものだろうかと思ったら、遠目にもわかる顔だった。さっきギャッツビー邸の書斎に居坐っていた大きな眼鏡の男ではないか。

「どうなったんです?」

という声に、男はひょいと肩をすくめた。

「わからん。まるきり機械音痴だ」

「いや、どうなったというのは、塀にぶつかったとか何とか?」

「もう言うなって」フクロウ眼鏡の男は、この話を打ち切りたいらしい。「車のことは、ちんぷんかんぷん、さっぱりだ。こうなってしまったということしかわからん」

「しかし、もし運転が苦手なら、夜はやめたほうがいい」

「そうじゃないってば」男の語気が荒くなった。「運転しようともしていない」

これには見物人が冷水を浴びせられたようになる。

「そんな。自殺行為じゃないか」

「車輪一つですんだのはめっけもんだよ。へたな上に、その気もなかったのか」

「ちがう。わからんやつだな」と、すっかり悪者にされた男が言った。「おれが運転してたんじゃない。もう一人、乗ってたんだ」

意外な事の成り行きに周囲が啞然としたものの、クーペのドアがゆらりと開くにおよんで、「ああ、あー」という声が尾を引いた。群衆は——もはや群衆と言ってよい人数になっていたが——思わずあとずさりする。するとドアが大きく開いたところで、幽霊を待つような沈黙があった。すると事故車の中からは、うっすらした人影がじわりじわりと姿を見せて、まず先に出た足が地面を確かめるように、大きな靴で、定まらないステップを踏んだ。

ヘッドライトに目をくらまされ、鳴りやまないクラクションに戸惑って、亡霊めい

た影が揺れた。それからダスターコートの男に目をとめて、

「どうしたんだ？」しゃべり方は静かである。「ガス欠か？」

「あれだよ」

何本もの指がいっせいに、もぎ取られた車輪をさした。すると影は少しだけ車輪に目をこらしてから、空から降ってきたのかとでも言いたげに顔を上げた。

「はずれたんだよ」と、誰かが言ってやった。

影がうなずく。

「いつ止まったのか、わかんなかった」

ふと沈黙――。それから大きく深呼吸をして胸を張り、迷いのない発言をした。

「ガソリンスタンドはどこだろな」

今度は十数人がいっせいに――といっても何人かは似たり寄ったりに頼りない――あの車輪と車体は、すでに物理的な連続を断たれたのだと教えようとした。

ややあって影が言った。「バックすればいい。ギヤをバックに」

「車輪がはずれてるんだぞ！」

影がためらう。

「やってみたって悪くない」

盛りのついた猫のようなクラクションが、さらに高まるばかりだった。もう私は背を向けて、わが家の方角へ芝生を突っ切って歩いた。一度だけ振り返った。ギャッツビー邸の上空に薄くへばりついた月が光を投げて、さっきまでの夜が戻っていた。まだ明かりは消えないが笑い声や物音は途絶えた庭園を、月が照らす。と、いきなり屋敷の窓や大扉から、虚しさが流れ出るように思われた。ベランダに立つ主人の姿を、まったく孤独感の漂うものに見せている。その人物が別れの敬礼でもするように手を上げていた。

さて、ここまで話が進むと、数週間ずつ離れた三夜の出来事だけが私の関心事だったように思う読者もいるだろうか。しかし、じつは逆なのであって、あれこれ忙しくしていた夏の、ちょっとした出来事でしかなかった。そうでないとわかったのは、だいぶあとになってからのことで、当時は私自身の用事にかまけていたのである。

よく働いたと思う。ニューヨーク市街の南部で、朝日を受けて出勤する私の影が西向きに伸びた。そそり立つビルの街にあって、白い地割れに落ち込んだように思いながら、プロビティ信託という会社へ急いだのだ。同じような金融業界の社員と仲間になって、昼時には薄暗いレストランへ繰り出し、その混み合った席で、小さな豚肉ソーセージ、マッシュポテト、コーヒー、といった食事をした。恋愛めいたものだってなかったわけではない。経理部の女で、ジャージー・シティに住んでいた。だが兄だという男がちらちらと意地の悪い目を向けてくるような気がして、また女が七月に休暇をとったこともあり、そのあたりで立ち消えにしてしまった。

夕食には〈イエール・クラブ〉へ行くのが普通だったが、なんとなく気の重い時間帯とも言えた。食事のあとは図書室へ上がってしまう。投資やら証券やらの本を一時間ほど身を入れて読んだ。もちろん騒がしい連中だっていたのだが、さすがに図書室までは来ないので、落ち着いて勉強していられた。すごしやすい夜であれば、そぞろ歩きにマディソン街を下って、古い〈マレーヒル・ホテル〉を通過し、三十三丁目の通りを渡って、ペンシルベニア駅まで行く。

このニューヨークを好ましいと思うようになった。あやしく色めく夜の街も、目の前をひっきりなしに行き交う男や女や自動車も、こうであってよいのだと思えた。五番街の雑踏を歩きながらロマンのある女をさがしては、空想をたくましくした。そういう女の生活にするりともぐり込んでいって、まったく見とがめられることがないものとする。空想の中では、女のあとをつけていって、人目につかない街角のアパートにたどり着いたりもした。すると女は振り返って笑顔を見せ、ふっと影が薄らぐようにドアを抜けて、ぬくもった暗闇の奥に消える。

黄昏の大都会という魔法の国では、やりきれない淋しさを覚えることもあった。いや、私だけではあるまい。若い勤め人が、ウインドーのならぶ街路をぶらついて、一人でレストランへ行くまでの時間をつぶす。宵闇の迫る街で、いい若い者が切ないほど貴重な夜の時間を無駄にする。

八時。劇場街へ向かうタクシーが五列にもなって四十何丁目かの通りにひしめき、エンジンのかかった車体をふるわせている刻限に、また私の心は沈んだ。信号待ちのタクシーの車内では人の影が寄り添って、話し声も弾むようで、ジョークでも飛ばしたのか笑いが起こる。シガレットの火が動いて、よくわからない軌跡が浮かぶ。なんだか私までが観劇に心がはやるようで、せいぜいお楽しみを、と思ってしまう。

あれきりジョーダン・ベイカーの顔を見なかったが、真夏になって再会した。ゴルフの女王として名が売れているのだから、そういう人とお近づきになって悪い気はしない。だが、それだけではなくなった。恋をしたとまでは言わないにしても、もっと知りたいという甘い心地にはなった。しらけたような、つんと澄ました顔を、世間向けには見せているジョーダンだが、その表情の裏に何か隠しているものがあるらしい。こんな顔をしていると、初めのうちはともかく、そのうちに本当に隠しごとをするようになる――。ある日、ジョーダンの裏の面が何なのか、私も知ることになった。

さる家でパーティがあり、ウォーウィックという町へ出かけた日だ。ジョーダンは借りてきたオープンカーの屋根をたたんだまま雨の中に放置して、あとで言い逃れをした。そんなことがあって、ひょっこり思い出した話がある。デイジーの家で聞いた噂だったろうが、ほとんど記憶をすり抜けていた。ジョーダンが初めて大きなトーナメントに出場した際に、ちょっとした悶着があって、あやうく新聞ダネになるところだったらしい。準決勝で、ライの悪かったボールをいくらか動かしたという疑惑である。これがスキャンダルになりかけて、どうにか一歩手前でおさまった。キャディは当初の証言を撤回し、もう一人いた目撃者も錯覚だったかもしれないと言いだした。そんな事件の当事者として、名前を聞いた覚えがあるのだった。

ジョーダン・ベイカーは才気走った男を避けていた。一定の基準を逸脱しない次元にとどまるのが安全だという本能が働いていたらしい。ジョーダン自身は、嘘で固めた女である。他人よりも損な立場にいたくない性分で、ごく若いうちから虚実をあやつって生きていた。とりすました微笑の顔を外界には向けながら、なお発条《ばね》のきいた肉体を存分に動かしてやるとしたら、裏と表の使い分けを覚えることにもなったろう。

だが、私にはどうでもよかった。女に裏表があるとわかったくらいで、恨みがましくはならない。そんなものかと思いつつ、根に持ったりはしなかった。

パーティの日に、車の運転のことで、ジョーダンとおもしろい話をした。事の起こりは、ジョーダンが車を工事現場に寄せすぎたことだ。ある男にフェンダーをぶつけそうになって、作業服のボタンを一つ飛ばしてしまった。

「見ちゃいられないな」と、私は言った。「もっと気をつけるか、運転をやめるか、どっちかだ」

「気をつけてるわよ」

「いやいや」

「でも、ほかの人が気をつけるもの」ジョーダンはさらりと言ってのけた。

「だからといって、どうなる？」

「相手がよけてくれるってこと。どっちかがよければ事故にならないでしょ」

「もし相手が似たように無茶だったら」

「お相手したくないわね。気をつけない人は嫌い。だから、あなたは好き」

ジョーダンは、グレーの目を太陽でまぶしそうにしながら、しっかり前を見ていた。

だが私との関係においては、ある方向転換を思いついたようだ。私としてもジョーダンに惚れたような気がしなくもなかった。だが私は頭の回転が速いほうではないし、暴走にブレーキをかける内面の規制がありすぎた。それにまた故郷に置いてきたしがらみを抜けなければ、如何《いかん》ともしがたいのだった。いまなお週に一度は手紙を出して、「ニックより」と結ぶ前に「ラブ」と書いたりもしていたのだ。たしかに脳裏に浮かぶことと言えば、あの娘はテニスをすると鼻の下がうっすら汗ばんでいた、という程度のことでしかなかったが、そのくせ何とはなしに心の中で決めていることがあって、それを振り捨てる手立てを講じなければ、自由の身とは思えなかったのである。

誰だって一つくらいは飛び抜けた美徳を持っているような気がするだろう。私の場合には——めずらしいくらい嘘がつけないということだ。

第四章

日曜日の朝、海沿いの村の教会が鐘を鳴らしている頃合いに、世俗の男女がギャッツビー邸に舞い戻り、芝生の庭をきらびやかに彩った。

「密造酒の業者なんだって」と言いながら、若い女の群れがギャッツビーの酒と花を縫って歩く。「人を殺したこともあるのよ。正体を知った男が消されたの。で、その正体とは、ドイツの元帥の甥で、悪魔の親戚なんだって。ねえ、バラを一輪とってよ。もうちょっとだけ、そっちのクリスタルグラスで飲ませてくれない？」

この夏、どういう顔ぶれがギャッツビー邸の客となったのか、その名前を時刻表の余白に書きつけたことがある。いまでは古くなって紙の折れ目が破れそうだ。「一九二二年七月五日改訂」という表記がある。名前の文字は薄くなったが、まだ読めないことはない。どんな人が来ていたかと私の口から言うよりは、名前そのものを挙げたほうがわかるだろう。ギャッツビーの饗応を受けながら、その正体は知らなくてよいという思いやりのあった人々だ。

まずイーストエッグから来ていたのが、チェスター・ベッカー夫妻、リーチ夫妻、私とはイエール大学で顔見知りだったバンセンという男、また昨年メイン州で溺死したウェブスター・シヴェット医師。さらにはホーンビーム夫妻、ウィリー・ヴォルテア夫妻。いつも一カ所にかたまって、近寄る人がいればヤギが首を振るように鼻であしらっていたブラックバックという一族。それからイズメイ夫妻、クリスティー夫妻（というかヒューバート・アウアーバックとクリスティー夫人）。ある冬の日の午後に、どういうわけか髪が綿毛のように真っ白になったというエドガー・ビーバー。

クラレンス・エンダイブも、たしかイーストエッグの人だった。白いニッカーボッカーをはいて一度だけ来たのだが、ぐうたらなエティという男と庭園で喧嘩していた。ロングアイランドの東寄りから出てきたのが、チードル夫妻とO・R・P・シュレーダー夫妻、ジョージアのストーンウォール・ジャクソン・エイブラム夫妻、またフィッシュガード夫妻、リプリー・スネル夫妻。このスネルという男は、車が通る砂利道で酔いつぶれていて、ユリシーズ・スウェット夫人の車に右手をひかれたくらいだが、やって来て三日後に刑務所行きになった。ダンシー夫妻も来ていた。S・B・ホワイトベイトは、とうに六十を越えた身体を運んできた。それからモーリス・A・フリンクに、ハマーヘッド夫妻、ぞろぞろと若い娘を連れてきたタバコ輸入業者のベルーガ。

かたやウェストエッグからは、ポール夫妻、マルレディ夫妻、セシル・ローバック、セシル・ショーン、州上院議員のギューリック、〈パレクセランス映画社〉の大物ニュートン・オーキッド、エックハウスト、クライド・コーエン、ドン・S・シュウォーツ（息子のほう）、アーサー・マカーティ。このあたりは、みな映画界につながっていた。キャットリップ夫妻、ベンバーグ夫妻、G・アール・マルドゥーン。これは同じ兄弟でも妻を絞殺することになるマルドゥーンではない。興行屋のドン・フォンターノも来た。エド・ルグロー、ジェームズ・B・〝安酒〟・フェレット、デ・ジョング夫妻、アーネスト・リリー――という面々は賭博をしに来ていた。フェレットがふらふら庭に出たとすれば、すってんてんに負けたということで、翌日は〈アソシエーテッド通運〉の株価が上がってくれないと困るということでもあった。

クリップスプリンガーという男がいた。ほとんど入り浸りというべきで、「下宿人」という呼び名がついた。帰る家がなかったのではないかと思うくらいだ。劇場関係ではガス・ウェイズ、ホレス・オドナバン、レスター・マイヤー、ジョージ・ダックウィード、フランシス・ブル。またニューヨークから来ていたのが、クローム夫妻、バッキソン夫妻、デニッカー夫妻、ラッセル・ベティ、コリガン夫妻、ケレハー夫妻、デュアー夫妻、スカリー夫妻、S・W・ベルチャー、スマーク夫妻、いまでは離婚した若いクィン夫妻、のちにタイムズ・スクエアの地下鉄に飛び込み自殺するヘンリー・L・パルメット。

ベニー・マクレナハンは女を四人連れてくるものと決まっていた。おそらく来るたびに違ったのだろうが、どれもこれも似たような見かけなので、また同じ顔ぶれかと思えてしまった。名前は忘れた。ジャクリーンだったか、コンスエラか、グロリア、ジュディ、ジューン、そんなようなところだ。姓だって、花の名前、月の名前のように響きのよいものか、あるいはアメリカの大富豪にありそうな厳めしいものか、どっちだったろう。もし問いつめれば、そういう資産家の縁続きだと白状したかもしれないが。

ほかにも記憶にある名前としては、たとえばフォースティナ・オブライエンが少なくとも一回は来ている。またベイデカー姉妹、まだ若いのに戦場で鼻を吹き飛ばされていたブルーアー、アルブラックスバーガー氏とその婚約者ハーグ嬢、アルディタ・フィッツ＝ピーターズ、在郷軍人会の会長だったこともあるＰ・ジュエット氏、お抱え運転手ではないかと言われている男と来ていたクローディア・ヒップ嬢、どこやらの御曹司で「公爵」という呼び名になっていた人物は、本名が何だったのか、さっぱり覚えがない。

ともかく、このような面々が、夏のギャッツビー邸に集まっていたのである。

七月下旬、ある朝九時。わが家の玄関前のがたごと道にギャッツビーの高級車が乗り入れ、三音階のクラクションを鳴らした。すでに私は二度までもパーティに出かけ、水上飛行機に乗って、また勧められるままに専用ビーチを使わせてもらっていたのだが、ギャッツビーのほうから訪ねてきたのは、いままでにないことだった。

「おはようございます。どうせランチにおつきあい願うなら、初めからご一緒にと思いましてね」

こんな言い方をするギャッツビーが、いかにもアメリカ風なしなやかさで、ダッシュボードに身をあずけていた。若いうちに無理な力仕事をせず、同じ姿勢を強いられることもない国だからかもしれないが、それ以上に、せわしなく動きまわる競技をするうちに自由闊達な身体の術を覚えるのだろう。そんな特質が、ギャッツビーの計算ずくの行動様式の下から、ちらほら透けて見えていた。つまり、よく動くのだ。片時もじっとしていない。こつこつ足を踏んでいたり、しきりに手を開いたり握ったりしていた。

私が豪華な車に見とれていたので、よく見せてやろうとするギャッツビーが、ひらりと身軽に降り立った。

「いい車でしょう。ご覧になったことはありませんでしたか」

もちろん見ていた。このあたりにいて見ていないはずがない。とろりとしたクリーム色の車体にニッケルが輝きを添えている。車内もまた前後の長さが怪物じみて、恐れ入るほどの仕様になっていた。帽子でも夜食でも道具類でも、ちゃんと収まる場所ができている。窓ガラスが何枚も迷宮のように組み合わさって、それぞれに太陽をはね返す。ガラス張りの温室テラスにいるような気分になって、緑色のレザーシートに沈み込み、市街地へ向かった。

この一カ月ほど、ギャッツビーとは何度か言葉をかわしていたのだが、あまり話の弾む男ではなく、いささか拍子抜けする思いもさせられていた。よくわからないが何かの大物だろうという第一印象は薄まり、隣で繁盛している高級な飲み屋の主人としか思えなくなった。

そんなところへ、この日のドライブがあって、面食らうことにもなったのである。まだウェストエッグ・ヴィレッジにも着かないうちに、ギャッツビーの上品な言葉遣いがあやふやになって、ためらうことでもあるように手がキャラメル色スーツの膝をたたいていると思ったら、「いや、あのですね」と切り出した。「僕のことをどうお考えです?」

これには面食らった。いきなり言われても、あたりさわりのない答えでごまかすしかないだろう。

「では、こちらから話をいたしましょう」と、ギャッツビーは自身の経歴を語りだした。「いろいろお聞きでしょうが、へんに誤解されたくないので」

ということは、パーティに来る客の噂話として、怪しげな憶測が乱れ飛んでいるのは承知しているわけだ。

「誓って言いますよ」もし嘘をついたら神罰がくだるとばかりに、さっと右手を上げた。「実家は中西部で、それなりの資産家でした。いまは僕だけが生き残りです。育ちはアメリカですが、教育はオックスフォードで受けています。わが家では代々そうでした。家風とでも言いましょうか」

ギャッツビーは、隣に坐っている私に目を向けた。だが、あれは嘘だろうと言っていたジョーダン・ベイカーの話が、私にも納得できる気がした。いまの「教育はオックスフォード」という言葉が、やけに早口に聞こえたのだ。あるいは呑み込んだというか、喉に詰めたというか、苦しい箇所にさしかかったようだった。そんな疑念が出てくると、もうギャッツビーの信頼性はがらがらと崩れて、やはり疑惑の男なのではないかと思った。

「中西部というと、どのあたりです?」と、私は何気なく聞いてみた。

「サンフランシスコですよ」

「あ、はぁ」

「身内がいなくなって、財産が転がり込みましてね」

一族が死に絶えた痛恨事を忘れられないという深刻な声音《こわね》だ。ふと私をかつごうとしているのかとも思ったが、その顔を見れば、どう見ても真顔なのである。

「それからはインドの王様みたいな暮らしでした。パリ、ヴェニス、ローマ、とヨーロッパの都をめぐりましてね。宝石のコレクションもいたしました。だいたいはルビーでしたが――。あとは猛獣狩りをしたり、絵描きのまねごとをしたり、まあ自分だけの遊びです。ずっと昔の、ひどく悲しかったことを、忘れようとしたのですよ」

これには笑いそうになるのを我慢した。なにを馬鹿な、というところだ。よくもまあ見えすいたことを言うもので、ターバンを巻いた王様人形が中身のおがくずをぽろぽろこぼしながら、ブローニュの森で虎を追いまわしていたとしか思えない。

「そのうちに大戦になりましてね。これはありがたいと思ったのですが、いくら死のうとしても死ねません。いやでも生きる運命に仕組まれているようだ。開戦時には中尉に任官しまして、アルゴンヌの森の戦闘では機関銃部隊を二つ率いて突き進んだものですから、左右に半マイルほどの隙ができてしまった。味方の歩兵部隊がついてこられないのです。そのまま二日二晩もちこたえました。百三十人の部下に、十六挺のルイス式軽機関銃です。ようやく歩兵部隊が合流したときにはドイツ兵の死屍累々というところで、その記章から判断すれば三個師団はいたようでした。おかげで僕は昇進して少佐になり、連合側の各国から勲章をもらう始末で――いやはやモンテネグロからも勲章ですよ。ほら、アドリア海にあるでしょう。あの小国です」

あの小国、というところでギャッツビーは言葉をつり上げ、うなずいて笑ってみせた。同国の苦難の歴史を知っていて、モンテネグロ人の敢闘ぶりに共感すると言いたげな顔だった。小国とはいえギャッツビーへの勲章授与に向かわせた、モンテネグロの熱き思いをよくわかっているということだ。こうなると私の猜疑心もどこへやら、雑誌を何冊も拾い読みしているように、だんだん話がおもしろくなってきた。

ギャッツビーはポケットに手を入れた。リボンに吊した金属片が、私の手に持たされる。

「これですよ。モンテネグロから来たんです」

なんともはや、いかにも本物らしい。「ダニロ勲章《オルデリ・ディ・ダニロ》」と円形に文字がならぶ。「モンテネグロ国王ニコラ」

「裏側にも」

なるほど「ジェイ・ギャッツビー少佐の武勇を顕彰して」と読めた。

「もう一つ、いつも持ち歩いてるものがあるのですよ。オックスフォード時代の記念品でしてね。トリニティ・カレッジの中庭で撮りました。左隣にいる男は、いまではドンカスター伯爵です」

ブレザー姿の若者が五、六人でアーチをくぐろうとする写真だった。アーチを抜けた向こうに、いくつもの塔が見えている。写真のギャッツビーは、いまより若いとしても、それほど大きくは変わらない。クリケットのバットを手にして写っていた。

ということは、すべて実話なのか。もはや私の脳裏には、立派な虎の皮が浮かんでいた。ヴェニスの運河を見おろす邸宅を美々しく飾ったのだろう。引き出しを開ければルビーのコレクションが深々とした赤い光沢を放っていて、ギャッツビーの心の苦悶をいくらか癒してくれたのかもしれない。

「きょうは是非お願いしたい件があるのです」と言って、ギャッツビーは役目を終えた品物をポケットにしまった。「それで僕のことも知っていてもらいたいと思いましてね。どこの馬の骨だと思われてはかなわない。たしかに、あまり知り合いの多い人間ではありません。昔の悲しみを忘れようと、あちこち漂流して暮らしておりますので、どこへ行っても知らない人ばかりということになる——。あ、いや、その話は午後からお聞きになるでしょう」

「ランチで？」

「いや、午後ですよ。きょうはベイカー嬢とお茶のご予定とやら聞きましたが」

「これはまた、ベイカーさんにご執心でしたか」

「いやいや、違います。ただ、この件については、ベイカー嬢から話をしていただけるということですので」

この件と言われても、さっぱり見当がつかなかった。何だろうと思うよりは、面倒なことになってきたという気持ちが強い。ジョーダンをお茶に誘ったのはジェイ・ギャッツビー氏について話し合いたいからではないのだし、どんな「お願い」をされるのか、とんでもないことになりそうで、こうと知っていたらパーティ客でごった返す芝生の庭などへ出ていくのではなかったと恨めしくなった。

それきりギャッツビーは黙った。ニューヨーク市街に近づくにつれ、ますますしかつめらしくなる。ポート・ローズヴェルトを通過した。船体に赤い帯のある船が港を出ようとしている。さらに車は石畳の道を進んだ。うらぶれた界隈に酒場がならぶ。店は暗いが、人がいないわけではない。いわば前代の金メッキがはがれかかった二十世紀初頭の風景だ。それから灰の谷にさしかかって、左右に荒廃が広がる。ウィルソンの修理屋を通りすぎると、女房の姿が見えた。給油ポンプに向かってふうふう言いながら元気いっぱいに働いていた。

大きな自動車は、フェンダーを翼のように広げて反射光をまき散らしながら、アストリア近辺を走り抜けた。いや、その半分ほども行ったろうか。高架鉄道の支柱をくぐっていると、あのドドドドッという音を響かせるオートバイの警官が、がむしゃらに追いついてきた。

「ああ、わかった」とギャッツビーは声をかけ、おだやかに車を止めた。白いカードのようなものを財布から取り出すと、警官の目の前でひらひら振ってみせる。

「そうでしたか」警官は納得して、帽子を傾けた。「この次は気をつけます。では、失礼！」

「何です？」と私は言った。「またオックスフォードの写真？」

「いつぞや市警の本部長に恩を売ったことがありましてね。以来、クリスマスカードが来るのですよ」

大きな橋を渡る。橋梁を突き抜ける日射しが、行きかう車をちらちら光らせ、川の向こうには大都会が、白く、うずたかく、角砂糖のように立ち上がる。うさんくさい金をうさんくさいとも思わず、金で願いごとをかなえた街――。クイーンズボロ橋から見る都会は、いつ見ても初めて見るようだ。世界中の謎と美を、いま初めて差し出してくれるように見える。

橋の上で死人とすれ違うことになった。どっさり花をかぶせられた霊柩馬車に、窓を覆った二台の馬車が続いて、それほどには湿っぽくない知人用も何台か続いている。すれ違いざまに顔を向けてくる参列者は、ヨーロッパ南東部の人間なのだろうか、悲しげな目をして、鼻の下が短かった。この服喪の日にギャッツビーの豪勢な車を見られて、よかったではないかと私は思った。

ブラックウェルズ島を通過中にすれ違ったリムジンは、運転手が白人で、乗っている三人が黒かった。男二人に女が一人。こちらへの対抗心をむき出しに、卵の黄身のような目玉をぎょろつかせるのだから、つい私は笑い声をあげてしまった。

「この橋を抜けてしまえば、もう何があってもおかしくない」と私は思った。「何だってあり得る……」

だからギャッツビーという男がいたりもする。おかしくも何ともないことだ。

喧噪の渦巻く夏の正午。扇風機が空気をかきまわしている四十二丁目の地下の店へ行った。ギャッツビーとランチの予定がある。明るい表通りから入ったばかりの目を慣らそうとすると、ギャッツビーは待合室で別の男に話しかけているようだった。

「キャラウェイさん」と、私に言う。「こちらはウルフシャイムさんです」

小柄で鼻があぐらをかいたユダヤ人が大きな顔を上げた。みごとに鼻毛の繁茂する顔だ。薄暗い室内で、ようやく二つの点のような目が判別できた。

「――で、そいつの様子を一目見て――」と言いながら、ウルフシャイムなる人物が私との握手に力を込めた。「――それからどうしたと思う?」

「どうでしょう」

だが私に言っているのではないようだ。すぐに手を離したウルフシャイムは、鼻でものを言いそうな顔をギャッツビーに寄せていった。

「その金をキャッツポーに持たせたんだ。――おい、キャッツポー、そいつが四の五の言ってるうちは、一セントもくれてやらなくていい。そしたら、ぴたりと黙ったね」

この男と私がギャッツビーに腕をとられて、レストランの店内へ進んだ。まだ何か言いかけていたウルフシャイムは、もう言葉を呑み込んで、夢遊病の症状を呈したように歩いた。

「ハイボールですね？」と、ボーイ長が言った。

「いい店だな」ウルフシャイムは天井画を見ていた。神話のニンフにキリスト教徒の服を着せたような絵だ。「しかし、どっちかというと通りの向かいのほうが」

「そう、ハイボール」とギャッツビーは言い、それからウルフシャイムへ、「あっちは暑い」

「うん、暑くて狭い。――しかし思い出がある」

「どこの話です？」と、私は言った。

「〈メトロポール〉ですよ」

「古いホテルだ」ウルフシャイムは陰鬱な回想をした。「いまは亡き顔が浮かぶ。二度と戻らん友の顔だな。ロージー・ローゼンタールが撃たれた夜は、忘れようったって忘れられん。六人で席について、ロージーはいつまでも食ったり飲んだりしていた。夜が明けようかという頃にウェーターが来て、どうも変な顔をしてるんだが、外でお待ちの方がいると言う。それじゃあ、とか何とかロージーが行こうとするから、おれは引き止めて、また坐らせたんだ。

なあ、ロージー、もし用があるんなら、こっちへ来させりゃいいだろう。悪いことは言わん。ここにいろ。

あれでもう朝の四時だったからな、窓のブラインドを開けたら、外は明るかったんだろうが」

「で、出て行った？」私は呑気に尋ねた。

「ああ、行ったさ」ウルフシャイムは憤然と鼻をふくらます勢いだった。「出ようとして振り向いて、まだコーヒーを片づけさせないでくれ、てなことを言った。それで表の通りへ出てって、どてっ腹へ三発くらったんだ。撃ったやつらは車で逃げた」

「その事件なら、四人つかまって電気椅子へ行ったはず」と、私は記憶をたぐった。

「うしろで糸を引いた刑事《デカ》を入れて五人」ウルフシャイムの鼻が、匂いをかぎつけたようにうごめいた。「――きょうは取引の件でしたな？」

どういう話のつながりだろうと思ったが、びっくりした私に代わってギャッツビーが答えた。

「いや、そうじゃない」大きな声だった。「それとは違う人だ」

「ちがう？」ウルフシャイムは落胆の色を見せた。

「ただの友人だ。そっちの話はあとまわしと言ったじゃないか」

「これはしたり。人違いか」

汁気たっぷりの肉料理が来た。ウルフシャイムは古きホテルへの懐旧もどこへやら、旺盛な美食家ぶりを発揮した。食べながら大きくゆっくりと目を配って、ぐるりと円を描くように店内を見まわし、背後の客まで見ていた。あの調子なら、もし私がいなければ、われわれのテーブルの下にも検分の目を走らせたかもしれない。

「あのですね」と、ギャッツビーが私に顔を近づけた。「さっきは車の中で、お気を悪くされたかもしれませんね」

そう言って、また例の笑顔を見せたのだが、今度はもう私にも抵抗力ができていた。

「謎めいたことは苦手ですよ。もし何かの用件がおありなら、遠慮なくおっしゃってくれませんか。ベイカーさんを通すまでもない」

「あ、いえ、やましいことではありません。あの方は立派なスポーツ選手ですからね、おかしなことだったらお断りになるでしょう」

ここでギャッツビーは時計に目をやって、あわただしく立ち上がり、どこかへ行ったので、テーブルには私とウルフシャイムの二人だけになった。

「電話しに行ったんだ」ウルフシャイムがギャッツビーを目で追った。「いい男だろ？　見た目もそうだし、まったく紳士だ」

「ええ」

「ありゃあ、オッグズフォオドを出てる」

「はあ」

「イギリスの大学だよ。オッグズフォオド、な？」

「名前は知ってます」

「一流中の一流だからな」

「で、ギャッツビーとは長いお付き合いですか？」

「もう何年になるかな」よく聞いてくれたと言いたげだ。「終戦直後だったから、そう長いお付き合いとも言えないが、知り合って一時間もしゃべってたら、こりゃあよく出来たやつだと思った。これだったら、うちへ連れ帰って、母親や妹に会わせてもいい、なんていう部類かと思ったりしてな——。おや、このカフスボタンを見てるのか？」

そんなものを見てはいなかったが、言われたので見てしまった。なんとなく覚えのある形をしている。素材は象牙だろうか。

「じつに立派な標本でね。人間の臼歯ですよ」と教えられた。

「それはまた」しげしげと見る。「めずらしい趣向です」

「まあね」ウルフシャイムは袖口をつっと引いて隠した。「ま、あの男、ふだんから女には用心深い。ひとの女房などには目もくれない」

というように見込まれている人物がテーブルに戻るにおよんで、ウルフシャイムは急いでコーヒーを飲んでから席を立った。

「いいランチだった。では、そろそろ退散しよう。若い人の邪魔をしてはいけない」

「あわてることはない」と、ギャッツビーは一応そのように言った。するとウルフシャイムは神父になったように手を上げた。

「ご親切はありがたいが、世代が違うんでね」と、おごそかに述べる。「どうぞごゆっくり。いまどきの話でもしていてくれ。スポーツでも、好きな女でも――」もう一つ何かありそうなところだったが、口には出さず、また手を一振りして代用した。

「おれなんか五十だからな、いまさら出番とは思わない」

握手をかわして去っていくウルフシャイムの悲劇的な鼻が、ひくひく動いていたようだ。ひょっとして私が何か気に障ることを言ったのだろうか。

「よく感傷にひたる人なんです」と、ギャッツビーが解説した。「きょうも感傷日和なんでしょう。ニューヨークではなかなかの顔ですよ。ブロードウェーの住人です」

「どういう人なんです？　俳優とか？」

「いえ」

「歯医者かな」

「まさか。――賭博師ですよ」やや迷ったようなギャッツビーが、すぐ冷静になって、「一九一九年のワールドシリーズでは、八百長の仕掛け人でした」

「八百長の？」

これには驚いた。もちろん私の記憶にもあることで、たしかに一九一九年のワールドシリーズは八百長に揺れた。しかし、そういうことは大きな動きがあってそうなるものだと思っていた。たった一人の仕掛けによって五千万人の心がもてあそばれるとは――たとえば金庫でも破るように、一人の人間がその気になればできることなのだとは、まるで考えもしなかった。

「どうして、そういうことをしたんでしょう？」ややあって私は言った。

「機を見るに敏というものです」

「よく刑務所行きになりませんでしたね」

「つかまるような人じゃありません。なかなかどうして抜け目がない」

そのあと、きょうの勘定は私が持つことにして、釣り銭を受け取ろうとしていたら、がやがやと客の多い店内にトム・ブキャナンの姿を見かけた。

「ちょっとよろしいですか」と私は言った。「挨拶しておきたい人がいる」

私とギャッツビーが近づくと、トムのほうでも勢いよく席を立って、つかつかと寄ってきた。

「よう、ご無沙汰じゃないか」と突っかかるように言う。「電話もよこさないから、デイジーがおかんむりだぞ」

「まあまあ。紹介するよ、ギャッツビーさんだ。こちら、ブキャナンさん」

あっさりした握手があって、ギャッツビーの顔には、いつになく困惑の色が浮かんだ。

「こっちの暮らしはどうだ?」トムはかまわずに私のことを聞く。「ものを食うだけで、こんなところまで出てくるのか?」

「ギャッツビーさんとランチの約束だったんで——」

と、振り向けばギャッツビーはいなくなっていた。

一九一七年十月のある日——

というように、午後のジョーダン・ベイカーは語りだした。〈プラザ・ホテル〉のティーガーデンで、まっすぐな背もたれの椅子にまっすぐに坐って話したのである。

——住宅街の道を歩いてたわ。まあ、道というか、半分は芝生に踏み込んで歩いたようなものだけど、イギリス製の靴の底にゴムの凹凸《おうとつ》があって、やわらかい芝生の土に食い込む感じがよかったわね。風が吹くたびに、新しいチェックのスカートがあおられた。どこの家にも突き出してる赤と白と青の旗がぱたぱた揺れて、「こら、こら」なんて叱られてるようにも聞こえたわ。

国旗も庭も一番大きいのがデイジー・フェイの家だった。あたしより二つ上で、まだ十八だったはずよ。でも、なんてったってルイヴィルという町では、もてもての女の子でね。白い服を好んで、白いオープンカーに乗ってるの。ひっきりなしに電話がかかってた。キャンプ・テイラーに駐屯してる若い将校が、ぜひ今夜は二人きりでお話を、なんて夢中で言ってくるのよ。「たとえ一時間だけでも」とか何とか。

　その日の朝、歩いていってデイジーの家へさしかかったら、白いオープンカーが路上駐車してて、見たことのない中尉さんとデイジーが乗ってたわ。まわりは目に入らないってところかしら、あたしが近づくまでわからなかったみたい。

「あら、ジョーダン」いきなりデイジーが口をきいて、「ねえ、ちょっと来て」

　そう言われて悪い気はしなかったわ。年上の娘の中でも抜群にすてきな人だと思ってた。そのデイジーが、これから赤十字よねって言うから、そうよって答えた。包帯づくりに行くところだったの。そしたらデイジーが、あたし、きょうは行けないって言っといて、なんて言うじゃない。また、そう言ってるデイジーを、中尉さんがじっと見てるのよ。女の子だったら、ああいう見つめ方をされてみたいでしょうね。ああロマンチックだって思ったから記憶に残ったんだわ。その名前がジェイ・ギャッツビーだったはず。それきり見かけることもなくなって四年――ロングアイランドで会ってからでも、あれがあの将校だとはわからなかったわね。

　ともかく一九一七年にそんなことがあった。あたしだって翌年にかけて恋の一つや二つはあったし、そのうちトーナメントにも出るようになって、デイジーと顔を合わせる機会は減ったかな。デイジーの場合、つきあう男がいるとしても、いくらか年齢は上だった。おかしな噂も広まったのよ。デイジーが旅支度をしてるところを母親が見つけたとか。冬の夜に一人でニューヨークへ行こうとしてたんだって。ヨーロッパ戦線へ出征する人を見送ろうとしたらしいわ。その場は足止めを食らったんだけども、しばらくは家族と口もきかなかったみたい。もう軍人と遊びまわることはなくなって、軍隊には入れてもらえない扁平足《へんぺいそく》で近眼の居残り組を相手にしてた。

でも、翌年の秋には、すっかり元気を取り戻して、というか前より明るくなったかしら。終戦後に社交界にデビューして、二月にはニューオーリンズの男と婚約したんじゃなかったかと思うわ。そしたら六月にシカゴのトム・ブキャナンと結婚したのよ。ルイヴィルの町が始まって以来の大がかりな祝典だったわね。シカゴから総勢百人、列車を四両貸し切りでやって来て、〈シールバック・ホテル〉もワンフロアの貸し切り。挙式の前日に真珠のネックレスを贈ってた。お値段は三十五万ドルだとか。

あたしも花嫁の介添え役だったのよ。披露宴の三十分くらい前に部屋へ行ったら、デイジーはベッドに横になってた。花柄のドレスに身をつつんで六月の夜のように麗しき人が、べろべろに酔っちゃってるんだもの。ボルドーのワインを一本持って、もう片方の手には一通の手紙があった――。

「すごいでしょ」なんて、ぶつぶつ言うの。「はじめて飲んじゃった。いけるじゃないの、これ」

「ちょっと、どうしたのよ」

正直言って、こわかったわ。若い女があんなふうになるのは見たことなかった。デイジーはベッドに置いた屑籠《くずかご》に手を突っ込んで、真珠のネックレスを出したわ。

「あのさあ――これ、階下《した》へ持ってって、どっかの誰かさんに返しちゃってよ。それからデイジーは気が変わったって言っといて。ちゃあんと、みんなに言ってよね！」

それから泣きだしたの。もう泣いたなんてもんじゃなかった。あたしは飛び出してって、この家のメイドをつかまえたわ。ドアを閉めちゃって、二人がかりでデイジーに冷水浴させたんだけど、それでも手紙を離さないのよ。浴槽で握りしめるから、ぐちゃぐちゃの紙玉になっちゃって、そのうちに雪の玉みたいにばらけてくるから、ようやく手を離す気になったみたいで、あたしが石鹼皿に載せたの。

そしたらもう黙っちゃった。あとはアンモニア水を気付け薬にして、氷で頭を冷やして、どうにか服を着せて、三十分ばかりで歩きだしたときは、デイジーの首に真珠がかかってたし、もう済んだことは済んだことだったわね。翌日は五時にトム・ブキャナンとの挙式よ。けろっとして式を終えて、南洋へ三カ月の船旅に出発——。

次に顔を見たのはカリフォルニアだったわ。旅から帰った二人とサンタバーバラで会ったの。あれだけご主人にめろめろな女っているのかしらと思った。ちょっとでも姿が見えなくなると、不安そうに見まわして「トムはどこ？」なんて言うのよ。また部屋に戻るまでの顔ったらなかったわね。心ここにあらず、っていうのかな。

よく砂浜に坐ってたわよ。トムに膝枕してやって、ずっとそのまま目蓋の上から撫でたりして、底抜けに幸せな顔してたっけ。あの二人見てると、こっちまで感動するというか、ほほえましいったらありゃしない感じだったわね。それが八月のこと。あたしがサンタバーバラの町を出て一週間後に、ロサンゼルス方面の街道でトムが交通事故を起こしたの。夜の道でワゴン車にぶつかって前輪を一つ飛ばしたんだけど、そのときに同乗してた女が腕の骨を折ったものだから新聞に名前が出ちゃったのよ。泊まってたホテルで客室係をやってる女だったわ。

翌年の四月にデイジーは女の子を産んで、三人になった家族が一年間フランスへ行った。あたしもカンヌへ行った春に会って、ドーヴィルでも会ったわ。それから一家はシカゴへ戻って落ち着いたの。シカゴでのデイジーは上々の評判だったのよ。若い金持ち同士の、けっこう派手な付き合いがあったらしいけど、デイジーを悪く言う人はいなかった。飲まないのがよかったのかもね。酒飲みばかりの中で一人だけ飲まなければ、すごく有利だもの。うっかり口をすべらせるなんてことがないし、ちょっとくらい常識はずれでも目立たないようにごまかしていられる。浮気めいたことなんか全然なかったでしょうね――もっとも、ああいう声だから、まあねえ……

で、ひと月半くらい前かしら、デイジーがしばらくぶりにギャッツビーという名前を聞いたのよ。ほら、ウェストエッグに住んでるならギャッツビーを知ってるかって、あたしが言っちゃったでしょう？　あれから、あたしが寝てた部屋へデイジーが来て、どんな人だって言うから、あたしも寝ぼけ眼《まなこ》でむにゃむにゃ答えたら、デイジーがとんでもない声を絞り出して、それなら昔知ってた人だって言うじゃないの。ようやく合点がいったわ。あのギャッツビーって、白いオープンカーに乗ってた将校のことだった。

ここまでの経緯をジョーダン・ベイカーが語り終える頃には、三十分ほど〈プラザ・ホテル〉を抜け出して、セントラル・パークの馬車に乗っていた。すでに太陽は高層アパートの向こうに落ちた。西五十何丁目かに建ちならぶ、映画俳優が住む建物だ。公園の芝生には小さい娘が集まって、虫の音のような歌声を発している。こましゃくれた流行《はや》りの唄が暑い宵闇に放たれる。

僕はアラビアの王様で
女心は僕のもの
寝ている間にこっそりと
テントの中へおじゃまする

「そういう偶然もあるんだね」

「ところが偶然じゃないのよ」

「じゃない？」

「ギャッツビーは、わざわざあの家を買ったの。入り江をはさんでデイジーと向き合う位置だから」

ということは、あの六月の夜、ギャッツビーが遠くに望んでいたのは、空の星だけではなかったのか。そう思ったら、この男が急に人間らしく感じられた。無目的な栄華に埋もれているだけではない。

「そんなわけで――」と、ジョーダンは先を言った。「あなたの家にデイジーを呼んでもらえないかって言うのよ。午後のひとときという設定で、ギャッツビーも来合わせることにする――」

これはまた、ずいぶん遠慮したものだ。いままで五年も待った上で、豪邸を買い、星の光をばらまくほどの誘蛾灯をつけたのだろう。そこまでしておいて、ひとの庭先へ午後のひとときに「来合わせる」だけで本望なのか。

「たったそれだけの頼みごとに、かくかくしかじかと聞かせるのかな」

「きっと不安になってるのよ。さんざん待ったあとだから。あなたのご機嫌を損ねたくないの。ま、あれで一皮むけば、相当におっかないと思うけど」

いやな予感がする。

「きみに仲立ちを頼んだらよさそうなものだが」

「だから、あの家をデイジーに見せたいのよ。あなたの家なら隣でしょう」

「ありゃりゃ」

「たぶん、夜のパーティを繰り返すうちに、あわよくばデイジーが舞い込んでくるという計算だったんじゃないかしら。でも来なかった。そこで、デイジーを知ってる人がいないか、さりげなく当たろうとしたの。やっと当たったのが、あたし。パーティの途中でお呼びがかかったでしょう。あのときの話ったらないわ。用意周到もいいところ。そりゃあ、あたしとしては、だったらニューヨークでランチという手はずにでもしましょうかと言ったのよ。舞い上がって喜ぶかと思ったんだもの。そしたら、いきなり無理なことはしたくありません、なんて言うばかりじゃないの。お隣へ呼んでもらえればいいんです、だってさ。

でも、あなたが昔からトムの知り合いだって教えたら、では仕方ない、この話はなかったことに、という態度になりかけたの。トムのことはあんまり知らないみたいね。ひょっとしてデイジーの名前が出るかもと思って、ずっとシカゴの新聞を読んでたらしいんだけど」

あたりは暗さを増していた。小さな陸橋をくぐったとき、私は黄金色に日焼けしたジョーダンの肩に腕をまわし、ぐっと引き寄せておいてディナーに誘った。こうなると頭の中にはデイジーもギャッツビーもない。くっきりと実在する生身の人間だけを考える。この世は嘘があたりまえという主義を地で行くような女が、いま私の腕に抱かれて、小粋に首をそらしている。ある格言めいた言葉が耳の奥でくらくらさせるように響きだした。「人間には四種類しかない。追われる、追う、動きたがる、動きたがらない」

「デイジーだって、人生に何かしらあってもいいんじゃない？」と、ジョーダンが口にした。

「ギャッツビーと会いたい気持ちはあるのかな」

「それを言っちゃいけないの。あらかじめ知らせないでくれっていうのがギャッツビーの意向だから。あくまでお茶でもいかがとだけ言っといて」

このとき暗い並木が途切れて、五十九丁目にならぶ建物から洩れる光が、やんわりと公園内に降りそそいだ。私はギャッツビーやトム・ブキャナンではないので、ある女の面影が宙に浮いて、暗い建物の上端や、まばゆい看板をかすめるということがない。だから腕に力を入れて、隣にいる女を抱き寄せた。つんと澄ました口元が笑うから、さらに引き寄せ、今度は私の顔にまで近づけた。

第五章

その夜、ウェストエッグへ帰った私は、一瞬、わが家が火事なのかと思ってしまった。午前二時だというのに、岬全体が燃えるような光に包まれていて、植え込みに落ちかかる光は尋常な色ではなかったし、電線に照り返しがつつっと伸びてもいた。だが、角を一つ曲がると、ギャッツビーの家だということがわかった。塔のてっぺんから地下室まで、煌々《こうこう》と明かりが点《つ》いている。

さてはまたパーティかと思った。どんちゃん騒ぎの果てに、屋敷をあげて子供のふざけっこになったのではないか。しかし、それにしては物音が聞こえない。木々を抜ける風だけだ。その風が電線に吹きつけ、いったん明かりが消えて、また点いて、豪邸が暗闇にウィンクしたように見えた。乗ってきたタクシーを帰して、そのエンジン音が遠ざかると、芝生を突っ切ってギャッツビーがやって来た。

「ここから見ると万国博覧会ですね」と、私は言った。

「うちが？」ギャッツビーが気のない視線を自邸に向ける。「いくつか部屋をのぞいてましたので。いや、それよりもコニーアイランドへ行きませんか？　私の車で」

「遊園地へ行く時間じゃありません」

「じゃあ、プールに飛び込むというのは？　この夏はプールを遊ばせてしまった」

「いま眠くてかなわない」

「そうですか」

はやる心を抑えるような顔だった。

私は一呼吸おいてから「ベイカーさんと話しましたよ」と言った。「あすにでもデイジーに電話して、お茶に呼びましょう」

「いやあ、そうですか」ギャッツビーはさらりと言ってのける。「ご迷惑になってはいけないが」

「で、ご都合は？」

「そちらこそ、ご都合は？」これは切り返しが早かった。「ご迷惑にはなりたくない」

「あさってではいかが？」

やや考えたギャッツビーが、ためらいがちに、

「芝を刈らないと」

それで二人とも芝に目をやった。くっきりした境界線ができている。こちら側の劣悪な芝と、手入れが行き届いて色の深い、広々した芝地の分かれ目だ。わが家の話をされているように聞こえた。

「もう一つ、ちょっとありまして」ギャッツビーはおずおずと言いだした。

「では、何日か延ばしましょうか」

「あ、いや、そうではなくて——ただ、その」どういう言い方をしようか、あれこれ迷っているらしい。「つまり、ですね——まあ、収入の面では、あまり恵まれておられない、でしょう?」

「ええ、多くはありません」

これでギャッツビーが自信を取り戻したようだった。

「やはりそうでしたか。ま、失礼は承知の上で——じつは、ちょっとした副業のようなものをやっていましてね、もし収入が多くないということであれば、まあ……たしか証券会社におられる?」

「ええ、なんとか」

「でしたら、ちょうどよいと思うのですが、なに、たいして手間はかかりません。それでいて結構な金になります。いささか内密を要しますがね」

いまにして思うと、事と次第によっては、私の人生を大きく変える話だったかもしれない。だが、何らかの見返りを求める魂胆がちらついていたので、これはもう聞かないことにした。

「いまのところ手一杯でして、お気持ちだけいただきます」

「べつにウルフシャイムとの取引ではありませんよ」と、こんなことを言うからには、私が昼食時の印象で怖じ気《おけ》づいていると見たのだろう。そうではないと保証しておいた。ギャッツビーは、まだ私が何か言うかもしれないと思ったようだが、私がぼんやりしているだけなので、あきらめて帰っていった。

この晩の私は、たしかに浮かれたようになっていた。玄関から入ったとたんに、ばったり寝込んだのではないかと思う。あれからギャッツビーが遊園地へ行ったのか、燃え立つように明るい屋敷で「いくつか部屋をのぞく」ことを続けたのか、さっぱりわからない。ともかく翌日の朝、会社からデイジーに電話して、お茶にでも来ないかと持ちかけた。

「トムは来ないということで」と釘を刺す。

「え？」

「トムは来ないように」

「あら、誰のことかしら」デイジーは屈託がなかった。

約束の日は、かなりの雨が降っていた。十一時に、レインコート姿で芝刈り機を引いてきた男が、玄関のドアをたたいた。ギャッツビーさんに芝刈りを言いつかったという。それで思い出したが、私はフィンランド人の家政婦に来てもらうのを忘れていたので、ウェストエッグ・ヴィレッジへ車を出した。濡れそぼつ白塗りの家並みを行って尋ねあて、ついでにカップとレモンと花を買った。

だが花は買うまでもなかった。二時にギャッツビーから大量の花が届いたのだ。温室が一つ来たようなもので、花瓶や鉢も数えきれないほどそろっていた。それから一時間後、玄関のドアが張りつめたように開いて、ギャッツビーが来た。白いフランネルのスーツ、銀色のシャツ、金色のネクタイという出で立ちで、すっと入ってきた。顔色がすぐれない。目の下に隈《くま》ができているのは、眠れぬ夜だったせいか。

「うまくいってますか？」と、間髪を入れずに言う。

「芝のことなら、大丈夫です」

「芝というと？」ぽかんとした顔のギャッツビーが、「あ、そう、庭の芝生だ」と窓の外へ目をやった。だが、その顔つきからすると、ちゃんと視力が働いていたのかどうか疑わしい。

「どうやら、よさそうだ」という発言が何のことやらと思えば、「ある新聞には、四時ごろ雨がやむと書いてありました。『ニューヨーク・ジャーナル』だったかな。ええと、準備は整ってますか。つまり、その、お茶の用意として」

そこで支度の具合を見せに行くと、ギャッツビーはフィンランド人の家政婦に眉をひそめたようだったが、ともかくデリカテッセンで買ってきた十二個のレモンケーキを点検してもらった。

「いいですか？」

「そりゃもう、いいですとも！」と言ったギャッツビーが、なお取って付けたように「なかなか結構です」

三時半。さっきまでの雨は冷たい霧になった。ぽつぽつと細かい雨粒が入り混じる。

ギャッツビーは、クレイ著『経済学概説』に手を出して、うつろな目で読むともなく読んでいたが、家政婦がキッチンで足音を響かせただけで、ぎくりと反応する。外が気になって仕方ないように、ぼやけた窓に何度も目をやる。そのうちに立ち上がって、情けない声を出し、もう帰ると言いだした。

「どうして?」

「誰も来そうにありません。遅すぎる」と、ほかに急用でもあるかのように時計に目を落とした。「日がな一日待ってるわけにはいかない」

「何を言ってるんです。まだ四時二分前じゃありませんか」

それでギャッツビーは坐り直した。まるで私が押し戻したように、よろよろと坐ったのだったが、同時に自動車の近づく音がしたので、思わず二人して飛び上がった。なんだか私までが居たたまれない気分で、庭へ出た。

花のないライラックの枝が雨のしずくを垂らしている下をくぐって、大型のオープンカーが乗り入れてきた。そして停まる。デイジーの顔が、ラベンダー色の三角帽子をかぶり、いくぶん首をかしげて、私に向けられていた。幸福にひたりきったような笑顔である。

「ほんとに、こんなところに住んでるの？」

この声が雨中にひときわ高く響いた。心をときめかす声が波になって揺れるから、その波動を耳で追うのが精一杯で、とっさに言葉が出なかった。濡れた髪が青いペンキを一筆刷《は》いたように頬にかかっている。車を降りるデイジーの手をとってやると、しっとり光る水滴の感触があった。

「わたしが好きになったの？」デイジーがそっと私の耳元で言う。「だって、一人で来てくれなんて言うんだもの」

「いやいや、これぞ深い謎が隠された物語……運転手には一時間ほど暇をつぶすよう言ってもらいたい」

「じゃ、ファーディ、一時間したら迎えに来てね」デイジーは冗談に乗ってこなかった。小さくつぶやくように、「あの人、ファーディっていうの」

「やっぱり鼻がおかしくなるのかな。ガソリンの臭いにやられるとか」

「そんなことないと思うけど」これも真に受けたようだった。「なんで？」

家の中へ戻ると、なんともはや部屋はもぬけの殻になっていた。

「あれ、おかしいな」と、つい私は言ってしまった。

「何がおかしいの？」

そう言ってからデイジーが振り向いた。玄関ドアに、こつこつ、と軽いけれども重々しいノックの音がしたのである。私が出て行くと、死んだように蒼白のギャッツビーが、重い塊になったような手を上着のポケットに突っ込んで、足元に水をしたたらせながら、悲哀の目を私に向けて立っていた。

それから、手をポケットに入れたまま、すたすたと私をすり抜けて玄関の中へ、さらに操り人形が急回転したように、びくんと向きを変えて居間へ行った。まったく「おかしいな」どころではない。私自身も心臓の高鳴る思いをしながら、強まる雨に逆らってドアをきつく閉めた。

三十秒ほど静まり返ったあとで、居間から声が洩れた。苦しげに絞った小声と笑いにもならない笑いがあって、デイジーの透きとおった人工の声がした。

「またお会いできたなんて、ほんとにもう素敵だわ」

また音がやんだ。じりじりと長引く間合いがやりきれない。こうして玄関にいても仕方ないので、私も居間へ行った。

ギャッツビーは、まだ手をポケットに突っ込んで、暖炉に寄りかかっていた。無理をして余裕たっぷりに見せている。つまらなそうでさえある。上を向いて、暖炉にある止まったきりの時計に後頭部をくっつけた姿勢から、やるせない目がデイジーを見おろす。そのデイジーはというと、硬い椅子に浅く腰掛け、不安に駆られながらも取り乱してはいなかった。

「以前、お会いしたことがあるんですよ」ギャッツビーがぼそぼそと言って、私に目を走らせた。笑おうとしたが、いくらか口が開いただけでしかなかった。だがギャッツビーの後頭部を受けていた時計が、ちょうどよく倒れそうになってくれたので、ギャッツビーは振り向きざまに手を伸ばし、おぼつかない手先で時計を押さえていた。それから坐ったのだが、まだ硬さが抜けない。ソファの肘掛けにもたれて、顎を手で支えていた。

「うかつでした。時計があぶないところだった」

すでに私の顔も熱帯で日焼けしたような色になっていた。あたりさわりのない答えがいくらでも頭に浮かびそうなのに、何一つ、ろくなことを思いつかない。

「いや、古い時計ですから」という私の返事は間の抜けたものになった。

このときは、一瞬、ほんとうに時計が下に落ちてばらばらになったような錯覚があった。

「もう何年も会ってなかったのよ」デイジーの声は、あたりまえのことをあたりまえに言っていた。

「今度の十一月で五年になる」

機械がしゃべったようなギャッツビーの口調に、また一分ほども話が進まなくなった。私が苦しまぎれの思いつきで、キッチンへ行ってお茶でも淹《い》れましょうと言い、みなが立ち上がったところへ、家政婦がトレーに茶を載せて鬼神のごとく出現した。

うまいことカップやケーキの忙しさに取りまぎれ、いくらか身の置きどころができた。ギャッツビーはなるべく目立つまいとするらしく、しゃべりだしたデイジーと私をきっちり一人ずつ見ながら、張りつめた悲しい目をしている。とはいえ落ち着かせればよいというものではないので、私は折を見てすかさず立ち上がった。

「どちらへ？」ギャッツビーがあわてて問いかける。

「すぐ来ますよ」

「では、その前に、ちょっとお話が」

ギャッツビーは、どたばたとキッチンへついてきて、ドアを閉めると、声をひそめて「ああ、何たることだ」と、情けない言い方をした。

「どうしたんです?」

「まずいことをした」大きく首を振っている。「まずい、まずい」

「だいぶ上がってたみたいですね。それだけのことでしょう」この次に私が言ったことは、結果としてよかったのだろう。「デイジーもそのようでした」

「デイジーも?」まさかという口ぶりだ。

「おたがいさまなんでしょう」

「しいっ、声が高い」

「いやはや子供みたいですね」私もじれったくなった。「それに失礼でもある。デイジーを放ったらかしじゃありませんか」

わかった、わかった、と言いたげな手をかざして、ギャッツビーが私を見返した顔は、いまでも忘れられない。それから慎重にドアを開けて、また居間へ戻っていった。

私は裏口から外へ出た。三十分前にはギャッツビーも裏から出て、ぐるりと回ったのだろう。ごつごつした黒い影のような大木の下へ走り込むと、こんもり繁る枝葉が雨よけの幕になってくれた。雨はふたたび本降りの勢いになっている。でこぼこの芝地が、ギャッツビーの庭師に刈り込まれたあとで、太古の泥沼も同然の観を呈していた。ここにいて見るべきものと言えば、ギャッツビーの豪邸しかない。教会の尖塔を見ながら思索したというカントではないが、私も隣の屋敷を三十分は見ていた。

いまから十年ほど前、骨董趣味がはやりだした頃に、ビールの醸造業者だった男が建てたらしい。近在の家屋の持ち主に声をかけ、もし屋根を藁葺《わらぶ》きにしてくれたら、どの家にかかる税金も五年間は肩代わりすると言ったとやらの話がある。だが、どうもアメリカ人というのは、ときとして農奴も同然にさえなるくせに、農民とは何ぞやと考えると、やはり昔からのこだわりを捨てない。どこからも断られて、この地に名家を興そうとする望みは腰砕けになった。まもなく失意のうちに世を去り、まだ玄関に黒い花輪がかかっていた屋敷を、子の世代が売りに出した。

三十分たって太陽が顔を出した。ギャッツビー邸の敷地内を配達の車が大きく曲がっていった。賄い料理の食材が来たのだろうが、この家の主人は一口も喉を通るまい。メイドが二階の窓を開けていくようだ。部屋ごとに、ちらりちらりと姿が見える。あるところで大きな出窓から乗り出して、思うことありげに庭へ唾を吐いていた。そろそろ私も室内へ戻るとしよう。さっきまでの雨は二人がかわす小声のように、ややもすると抑えきれない高まりを聞かせていたが、こうして静かになってみると、家の中にまで静けさが降りているようだった。

とりあえずキッチンへ行って物音を立てた。さすがに調理台をひっくり返すことはないとしても、できるだけ騒がしく動いてやった。それでも二人の耳には入らなかったらしい。居間のカウチの両端に坐って向き合っていた。その様子は、たったいま何かしら尋ねたばかりで、その言葉が宙に舞っている、とでも言うべきか。ぎくしゃくした気まずさは跡形もなく消えていた。デイジーは泣いたあとの顔になっていて、私が入っていくと、あわてて立ち上がり、鏡の前へ行って、ハンカチで涙を払っていた。しかし、さっきと違うのはギャッツビーだ。あきれるほどに、がらりと変わっていた。輝いているとしか言えない。どれだけ喜んでいるのか、言葉や行動に出てくることはないのだが、いままでにない幸福感を小さな部屋いっぱいに放っていた。

「やあ、これはこれは」と、何年かぶりに会ったようなことを、いつもの調子で言う。このまま握手でもされるのかと思った。

「雨はやみました」

「そうですか?」雨がやんだというのは、つまり部屋の中に太陽がきらきら輝いているだろうと言われたことだとわかって、ギャッツビーは喜色満面に光を振りまく晴れマークのような顔になった。その顔がデイジーに気象ニュースを伝える。「そういうことだ。雨がやんだんだよ」

「そうよね、ジェイ」と言うデイジーの喉元には痛々しいばかりの美しさがあったが、出てくる言葉は思いもよらない喜びにめぐりあったことだけを語っていた。

「それでは、お二人とも、わが家へ来てくれませんか。ご案内いたしますよ」

「私も、ですか？」

「そりゃあ、そうですとも」

デイジーが二階へ上がった。これはまずい、洗面所のタオルが——と私は思ったが、もう遅い。ギャッツビーと芝生へ出て、しばらく待った。

「わが家が、いい眺めでしょう？」否とは答えさせない問いだった。「ほら、正面から日が当たっている」

たしかに壮観だ。

「まったく」ギャッツビーは自邸に目をやって、アーチ型のドア、角形の塔、と逐一見ている。「あれを買うまでに三年がかりで稼ぎました」

「おや、てっきり遺産があったのかと」

「ありましたよ」ギャッツビーは機械のように反応した。「しかし、どさくさ紛れに大方なくなった——戦争の、どさくさで」

このときのギャッツビーは、ほとんど上の空だったのだろう。私がどんなお仕事ですかと聞いたら、「それはこっちの話」と言ってから、しまったと気づいたようだ。

「いや、まあ、いろいろなことに手を染めましたね」と、前言を修正する。「しばらくは薬屋で、それから油屋になった。いまは、どっちでもありません——」ぐっと真剣な顔になり、「では、このあいだの晩に申し上げたことを、お考えいただいたと？」

私が答える間もなく、デイジーが出てきた。ドレスに二列ならんだ真鍮のボタンが、陽光にきらめいていた。

「あの大きな家？」と声をあげて指さす。

「どう思う？」

「すごいじゃないの。あんなところで一人暮らしなのかしら」

「いろんな人が来るよ。おもしろい面々だね。昼も夜も、それと知られた人が来る」

海沿いの近道はとらず、街道へ下りて、通用門から入った。デイジーがかわいらしい嘆声を洩らして、さかんに家をほめる。大空に浮かぶシルエットが、あっちもこっちも中世の城のようだ。庭園もすばらしい。黄水仙の香りがはじけ、サンザシとプラムが匂い立ち、パンジーが淡い金色の気を振りまく。だが、この大理石の階段へやって来たのに、玄関を出入りする華やかなドレスが見えず、聞こえるのは木立の中の鳥の声だけというのだから、いつもとは様子が違っている。

邸内には、「マリー・アントワネット音楽室」「王政復古サロン」というような骨董趣味の部屋があって、そんなところを歩いていると、じつは来ている客もいるのに、家具調度の陰に身をひそめ、私たちが通りすぎるまで息を殺して隠れていろと厳命されているのではないか、などと考えてしまった。ギャッツビーが「マートン・カレッジ図書館」のドアを閉めた際には、フクロウ眼鏡の男の薄気味悪い高笑いが聞こえたように思えてならなかった。

二階へ上がり、これまた時代がかった寝室をいくつも見た。バラ色、ラベンダー色の絹をふんだんに使った内装で、みずみずしい花があざやかに飾られている。また化粧の間、玉突きの部屋、床に埋め込んだ浴槽のあるバスルーム――。ある部屋に足を踏み入れると、パジャマ姿のむさくるしい男が、肝臓の強化運動をしていた。居候も同然のクリップスプリンガーという人物だ。この日の朝は、ひもじそうに海岸をうろついているところを見かけた。

ようやくギャッツビー専用の一画にたどり着いた。寝室があり、バスがあり、新古典趣味の書斎がある。ここで腰をおろして、作りつけの棚にあったシャルトルーズ酒を振る舞われた。

さっきからギャッツビーはデイジーを見てばかりだ。また、その愛らしいとしか言えない目がどういう反応を示すかによって、自邸の家財を再評価していたのではないかとも思う。ぼうっとした顔で目が泳いでいることもあった。ここに生身のデイジーが存在するという驚異の現実に押しまくられ、これまでの現実を見失ったのかもしれない。あやうく階段から落ちそうになっていたくらいだ。

寝室はきわめて簡素なものだったが、ドレッサーには鈍く光る金無垢の道具類が置いてあった。おもしろがってブラシを手にしたデイジーが髪を撫でつけると、ギャッツビーは坐り込んで、小手をかざして笑いだした。

「いやはや愉快じゃありませんか」と、すっかりご機嫌になっている。「それにしても――どうなってるんだか」

このときのギャッツビーは、すでに二つの局面を通りすぎて、そろそろ三つ目にさしかかっていることが見えていた。まず取り乱して、むやみに喜んで、いまはデイジーの出現が驚異に思えてたまらなくなっている。ずっと思いつめて、夢を見ることに徹して、ぎりぎり歯を食いしばって待ちに待ったというところだろう。その反動が来た。いまはもう巻きすぎた時計のように緩むしかない。

どうにか気を取り直すと、どっしりした仕様のキャビネットを二つ開けてみせた。スーツ、化粧ガウン、ネクタイ、シャツが、レンガを積んだように何段重ねにも満載だ。

「イギリスに衣服の調達係がいましてね。春と秋に、季節の品をとりそろえて送ってきます」

ギャッツビーは無造作にシャツを手にすると、次々に放り出していった。つややかなリネン、厚手のシルク、みごとなフランネルが、はらはらと広がって色あざやかにテーブル上を埋めつくす。賞《ほ》められて調子に乗ったギャッツビーは、さらに何枚も投げ出して、重なる布地がふっくらと盛り上がった。ストライプや渦巻やチェックのシャツである。サンゴや青リンゴ、ラベンダー、淡いオレンジの色に、藍色のモノグラムが入っている。すると、引きつった声を洩らしたデイジーが、いきなりシャツの山に突っ伏して猛烈に泣いた。

「だってシャツがこんなにきれいなんだもの」折り重なる生地に口をふさがれて、くぐもった泣き声になった。「悲しくなるのよ。こんな——こんなきれいなシャツ、見たことないんだもの」

邸内を見たあとは、外へ出て行くはずだった。敷地の様子を見て、水上飛行機を見て、真夏の花を見ようとしたのだが、また窓の外が雨になったようで、仕方なしに三人ならんで波立つ海面をながめた。

「もし霧が出ていなければ、対岸に、きみの家が見える」と、ギャッツビーは言った。「船着き場の突端で、緑の光が常夜灯になってるね」

ここでデイジーがついっと手を伸ばしてギャッツビーと腕を組んだけれども、ギャッツビーは自分で言ったことに気を取られているようだった。とてつもなく重大だった緑の灯火が、いまはそうではなくなったと思いついたのではなかろうか。デイジーとはるかに隔たるギャッツビーから見れば、あの灯火はデイジーに接近していた。

ほとんど重なりそうだった。月に寄りそう星だった。それがまた緑の灯火でしかなくなった。夢幻の世界にあると見たものが、一つだけ夢ではなくなった。

私は薄暗くなった室内をうろついて、あれこれ置いてある品物を見ていった。大きな写真があった。かなり年配の男がヨットに乗るような服装をしている。机を見おろすように壁に掛けてある写真が、私の目を引いた。

「どなたです?」

「ああ、それですか? ダン・コディという人ですよ」

どこかで聞いたような、と私は思った。

「もう亡くなりました。昔は親しくしてもらいましたが」

小さいがギャッツビーの写真もあった。やはりヨットの服を着て、机の上に乗っている。昂然《こうぜん》と上を向いているのは、おそらく十八歳かそこらの顔だろう。

「すてきじゃない!」デイジーが声をあげた。「オールバックにしてる。こんな髪だったなんて聞いてないわよ。ヨットのことも——」

「これなんだが」と、ギャッツビーはすばやく言った。「切り抜きを集めてたんだよ——きみの様子がわかる」

それで二人がならんで立って切り抜きを見る形になった。私はルビーでも拝見しようかと思ったが、ちょうど電話が鳴って、ギャッツビーが受話器をとった。

「そうなんだが……いまちょっと……いまは話していられない……いや、小さい町と言った……あの男も何のつもりなんだ……小さい町と言われてデトロイトを考えてどうする……」

ギャッツビーは電話を切った。

「ね、来て。早く！」デイジーが窓辺から言った。

まだ雨はやまないが、西空の暗さが割れて、ピンクと金色を帯びた雲が海上にむくむくと湧きあがっていた。

「ほら、見て」と今度はささやくように言っておいて、いくらか間をおいてから、「ああいうピンクの雲を取ってきて、あなたを詰め込んで転がしてみたい」

それでは私は退散しようと思ったが、まだ帰らせてもらえなかった。第三者を置くことで、この二人の出会いがくつろいだものになるらしい。

「こうしましょう」と、ギャッツビーは言った。「クリップスプリンガーにピアノを弾かせる」

すぐに「ユーイング！」と呼ばわりながら出ていって、ほどなく若い男を連れてきた。やつれ気味で、あたふたしたような男だ。鼈甲《べっこう》メガネをかけて、ブロンドの髪が薄くなっている。このときは一応ととのった服装をしていた。いわゆる「スポーツシャツ」の襟元を開けて、スニーカーをはいている。ズボンは厚手のコットンだが、何というべきか、ぼんやりした色だ。

「体操のお邪魔だったかしら」と、デイジーは言った。

「いえ、寝てました」クリップスプリンガーがあたふたと口走る。「というか、その、寝ていたんですが、起きまして……」

「ピアノが弾けるんですよ」と、ギャッツビーが割り込んだ。「そうだね、ユーイング？」

「でも、たいしたことないです――下手っぴいだし、このごろ全然やってま――」

「一階へ下りよう」ギャッツビーはあれこれ言わせず、スイッチを入れた。薄暗い窓が消失し、家全体が光にあふれた。

音楽室へ行くと、ギャッツビーはピアノの横にぽつんと一つだけランプを点灯した。ふるえる手にマッチを持ってデイジーのシガレットに火をつけてやり、かなり遠ざかった位置のソファに二人ならんで坐る。ほとんど光があたらない。つややかなフロアが廊下からの光をおぼろげに投げ返しているだけだ。クリップスプリンガーは「愛の巣」を弾いたものの、情けない顔をして振り返り、暗がりにギャッツビーをさがした。

「このごろ全然やってませんからね、だめだって言ったでしょう、このごろ全然——」

「しゃべりすぎだ」ギャッツビーはぴしゃりと言った。「弾いてればいい」

　　朝に、夕に、
　　愉快じゃないか——

　外は風の音が騒がしく、海沿いに遠雷の気配もあった。ウェストエッグ一帯に夜の灯がともる。ニューヨークから帰宅の客を運ぶ電車が雨をついて進む。人の心が変わる時刻。心弾む気分が流れる。

　こんなに確かなことはない

金持ちはもっと金持ちに――貧乏人は子持ちになる
そうこうするうちに、そんなこんなで――

そろそろ引き上げようと思って寄っていったら、ギャッツビーの顔には困惑の表情が戻っていた。さっきからの幸福感に、ふと影がさしたりもしたのだろうか。なにしろ五年ぶりというに近いのだ。この午後の時間にも、現実のデイジーが夢に追いつかない瞬間はあっただろう。もちろんデイジーが不足なのではない。ギャッツビーの幻想があまりに大きく息づいたということだ。デイジーをも――あらゆるものをも――越えてしまった。しかもギャッツビーは創造の情熱を燃やして、のめり込んだ幻想を一途にふくらませた。きれいな羽根が飛んでくれば、つかまえて飾りにした。男がそこまで執念深く積み重ねようとするものは、脅しても、すかしても、そう簡単には崩れない。

だが、ギャッツビーがいくらか立ち直るのは見てとれた。デイジーの手を握りしめる。耳元で何やら低くささやかれると、ぐっと感情が高まったように、デイジーに迫っていた。おそらく、あのデイジーの声こそが、ギャッツビーを引きつけていたのではないか。ゆらめく熱気を吹きかけるような、いくら夢に見ても見きれないような声――滅びることのない歌である。

すでに私などは存在しないも同然になっていたが、ふと顔を上げたデイジーが手を差し出した。ギャッツビーは私どころではないらしい。そんな様子を見ながら帰ろうとしたところで、もう夢中になっている二人がぼんやりと私に目を向けた。私は外へ出て、雨の降る大理石の階段を下り、あとは二人にまかせた。

第六章

この時期に、若い男が来た。えらく張り切っていて、ニューヨークの新聞記者だそうだが、ある朝ギャッツビー邸に現れ、ご意見をうかがいたいと言う。

「ご意見というと、何の？」ギャッツビーは一応まともに聞き返してやった。

「まあ、その、何でもいいんですけど」

それから五分ほど要領を得ないやり取りがあって、だんだんわかってきた。社内でギャッツビーの名前を聞いたらしい。さる筋との関わりで耳にしたことがあって、どんな筋だったのかとまでは、わざと言わないのか、もともとよく知らないのか、ともかく非番の日でありながら殊勝な心がけで、まずは足を運んできたらしい。

たしかに出たとこ勝負の取材だろうが、記者の勘としては悪くない。すでにギャッツビーの黒い噂は世に流れていた。この夏は、ただパーティの客になっただけで、あの男の過去を知っていると吹聴する輩《やから》が続出したから、どこでも似たような話が聞かれた。たとえば「カナダから酒を密輸する地下パイプがある」という類の、現代の伝説めいた憶測がギャッツビーにまつわりついた。そもそも居宅がないという説も根強かった。つまり家のように見えるものは船であり、ひそかにロングアイランドの沖合を行きつ戻りつ航行しているのだという。こんな作り話が蔓延して、それをノースダコタ出身のジェームズ・ギャッツなる男が喜んでいたのだから、よくわからないものがある。

じつはジェームズ・ギャッツというのが本名――少なくとも公式な名前――なのである。みずから改名したのが十七歳のときだった。すなわち人生に乗り出した出発点と言ってよいだろう。スペリオル湖の浅瀬、じつは危険だらけの水域に、ダン・コディという男の豪華ヨットが停泊するのを見たときでもある。この日、緑色の破れジャージーにキャンバス地のズボンという格好で午後の岸辺をほっつき歩いていた若者は、まだジェームズ・ギャッツだった。それがボートを借りて漕ぎ出し、〈トゥオロミー〉号へ寄っていって、これから風が吹くから、三十分もすれば難破するかもしれない、と教えてやったのは、もうジェイ・ギャッツビーなのだった。

この時点では、とうに用意していた名前だったのかもしれない。父母は農作業で暮らしていたが、一向にうだつが上がらず、落ち着かず、あれこれ空想をめぐらす息子としては、どう考えても、これが親なのだとは認めたくなかった。いまロングアイランドのウェストエッグに居を構えるジェイ・ギャッツビーという男は、みずからの理念を追い求めた結果の産物だ。もはや神の子としか言いようがない。その神のために奉仕する。きらびやかな俗界の美を祭り上げる。十七歳だった男は、十七歳の頭で考えそうなジェイ・ギャッツビーを作り出し、その人物像に最後まで忠実なのだった。

すでに一年以上もスペリオル湖の南岸で、あれこれの道をさぐっていた。貝を漁《あさ》ったり、鮭を獲ったり、暮らしが立つなら何でもした。日に焼けてたくましくなる肉体が、厳しくもあり無為でもある試練の日々になじんでいった。女になじむのも早かったが、ちやほやされただけに女を馬鹿にするようにもなった。若い生娘《きむすめ》はものを知らなすぎるし、そうでない女は彼が当然だと自惚《うぬぼ》れるものをちやほやするだけだった。

いずれにせよ彼の心が安まることはなかった。いつも乱れていた。夜になって寝ようとすると、とんでもない空想に見舞われた。あるいは洗面台の時計が時を刻むにつけ、脱ぎ捨てた衣服が月光に濡れそぼつにつけ、言いようもない華美な世界が脳裏に広がってしまう。空想は夜ごとに形を変えてふくらんだ。そのうちに、ようやく眠気がさして、あざやかな空想の場面をやんわり押し隠すように、しばらく忘れさせてくれた。

だが、こうした空想があったおかげで、とりとめのない心の動きに捌《は》け口ができていたとも言える。現実などというものに、じつは現実味はないのかもしれない、と思っていられた。この世界は堅い岩の上に築かれているようでいて、岩そのものは妖精の羽に乗っかっているということだ。

さて、話はその何カ月か前にさかのぼるが、輝かしき将来への本能が働いたと見えて、彼はセント・オラフ大学へ行っていた。ミネソタ南部の小規模なルター派の大学だ。しかし二週間もたつと、気が滅入った。彼の運命の鼓動に、というよりも運命そのものに対して、大学は酷薄なまでに無縁だと思われた。学費を稼ぐつもりだった清掃管理の仕事にも、やる気が全然なくなった。それでスペリオル湖へ舞い戻ってみたものの、いまだ目標は定まっていたわけではない。そんなある日に、ダン・コディのヨットが沿岸の浅瀬に錨をおろしたのだった。

当時、コディは五十歳。ネヴァダの銀山、ユーコン川の金脈など、一八七五年以来、あらゆる採掘ラッシュに関わって財をなした。モンタナでは銅の取引をして百万長者が何人もできるくらいに儲けたのだった。しかし、まだまだ身体は丈夫とはいえ、精神がだいぶ緩んできたので、そこに目をつけた女どもが群がってコディの財産をむしり取ろうとした。エラ・ケイという女記者が、うまく糸を引いてコディをあやつり、ヨットに乗ることを覚えさせたというのは、一九〇二年の報道がこぞってばらまいた話である。まったく危なげのない沿岸ばかりで五年も楽しんでからリトルガール湾に現れ、ジェームズ・ギャッツの運命となる日をもたらしたのだった。

オールにつかまって、手すりのあるデッキを見上げた若者には、このヨットが世界の栄華そのものに見えた。たぶんコディに笑いかけたことだろう。すでに自分の笑顔は人に好かれると心得ていたのではないか。ともかくコディからいくつか聞かれることがあって（それで新しい名前の使い初《ぞ》めをしたのでもあったが）、こいつは機転が利いて大望のある若者だと思わせた。それから数日とたたずに、湖の西岸、ダルースの町へ連れていかれて、青いジャケット一着、白い厚手のズボン六本と、ヨット帽を買ってもらった。〈トゥオロミー〉号が西インド諸島やバーバリー・コーストへ出航すると、ギャッツビーの姿も消えたのである。

どういう役目で拾われたのか定かではない。コディに従っていた時期には、ボーイであり、航海士であり、船長であり、秘書にもなった。また監視役だったとも言える。酒が入っていないときのコディは、もし飲んだらどういう放埒なことをしかねないかわかっていたから、いざという場合に備えて、ますますギャッツビーを頼むようになった。そんな調子で五年間うまくいった。大陸の周遊も三度におよんだ。ずっとうまくいってもおかしくなかったところだが、ボストンにいたある晩にエラ・ケイが乗り込んできて、一週間後にダン・コディはあっけなく死んでしまった。

ギャッツビーの寝室に飾られていた写真を、私は覚えている。白髪まじりの赤ら顔で、空虚な硬い表情をしていた。放蕩の道をたどった男だ。開拓時代の荒々しい酒と女の遊びを、アメリカの生活史が別の段階になってから、東部沿岸へ持ち込もうとした。ギャッツビーが酒を慎んでいたのは、間接的にはコディの影響かもしれない。どんちゃん騒ぎのパーティでは、女たちの手で髪にシャンペンをなすりつけられたりしていたが、自分では酒を遠ざける習慣を身につけていた。

コディから遺産を受ける立場にもなった。二万五千ドルの贈与、というはずだったのだが、法律上どういう手口が使われたものやら、巨額の遺産はエラ・ケイがそっくり一人占めすることになった。だが、ギャッツビーは、ほかでは得難い修業をさせてもらっていた。おぼろげなものでしかなかったジェイ・ギャッツビーの人物像が肉付けされて、しっかりした輪郭を得たのである。

これだけのことをギャッツビーに聞いたのは、だいぶあとになってからだ。しかし彼の家系がどうこうという根も葉もない噂が広まったという経緯もあるので、とんでもない俗説を、いまのうちに吹き飛ばしておきたい。また、そのように聞いた時点での私は、ギャッツビーという男について言われることが、そっくり信用できるようにも、まるで嘘だらけであるようにも思えて、こんがらかっていた。そんなわけで、いわばギャッツビーの動きが一段落したところで、とりあえず誤解を一掃しておこうと思った次第。

そして一段落と言えば、私とギャッツビーの付き合いにも、いくらか合間ができていた。数週間ほど、顔を見ることも、電話で声を聞くこともなかった。私がニューヨークにいる時間が長かったからだ。よくジョーダンと出歩いて、その叔母さんという惚《ほ》けかかった人にまで取り入ろうとしていた。そんなことがあってから、ある日曜日の午後、しばらくぶりにギャッツビー邸へ行った。着いてから二分とたっていなかったろう。ほかの客に連れられて、一杯飲みに来たのが、トム・ブキャナンなのだった。もちろん私はびっくりしたが、しかし考えてみれば、いままで来ていなかったということこそ驚くべきだったかもしれない。

乗馬の仲間で三人連れ、と見受けられた。トムのほかにスローンという男がいて、もう一人は女だった。ちょっとした美人で、茶色の乗馬服を着ていた。以前にも来たことがあるはずだ。

「いや、これはようこそ」ベランダに立つギャッツビーが言った。「あ、いや、どうも、よく来てくださった」

いささか空回りだ。

「お掛けください。一服いかがですかな、シガレットでも、葉巻でも」そそくさと部屋を歩いて、ベルを鳴らす。「すぐに飲みものを用意させましょう」

ギャッツビーは、トムが来ていると思うと、心底落ち着かないようだった。だが、何がどうあれ、もてなされるつもりの客だろうと見たギャッツビーとしては、何かしら出さなければ落ち着かない。ところがスローンという男は、いやに遠慮ばかりしている。レモネードは？　いや、結構。では少しだけシャンペンでも？　いやいや、お気遣いなく……。困りましたな――

「で、乗馬はいかがでしたか？」

「このへんは道がいいです」

「ええ、車が通りますから――」

「そう」

ギャッツビーは、いよいよ我慢がきかなくなったのか、初対面のような挨拶だったトムに話しかけた。

「ブキャナンさん、どこかでお会いしませんでしたか」

「そう言えば」と、トムは無愛想な相槌を打ったが、ちゃんと覚えているわけではなさそうだ。「たしかに、覚えがある」

「二週間ほど前でした」

「ああ、そうだ。このニックもいたっけ」

「じつは奥さんと知り合いでして」ギャッツビーは、やや強引に話を続けた。

「ああ、そう」

トムは私に顔を向けた。

「この近所なのか?」

「すぐ隣なんだ」

「ああ、そう」

スローンは、われ関せずの面持ちで、のんびりと椅子に坐り込んでいた。連れの女も口をきかなかったが、ハイボールを二杯飲んだところで、いきなり打ち解けたようになった。

「今度、みんなでパーティに寄せていただこうかしら」

「どうぞどうぞ、喜んでお待ちいたしますよ」

「そりゃありがたい」スローンはありがたくもなさそうに言った。「じゃあ、そろそろ引き上げるとするかな」

「ゆっくりしてくだされればよいのに」ギャッツビーは落ち着きを取り戻していた。トムを引き止めたいようだ。「せっかくですから──夕食までいかがです? ほかにニューヨークから人が集まるかもしれませんし」

「じゃあ、うちへお出でくださいな」女のほうが熱っぽく言った。「お二人とも」

これは私まで勘定に入っているらしい。

スローンが立ち上がって、「行こう」と言ったのは、連れの女をうながしただけだった。

「あら、嘘じゃないのよ」と、女は言っている。「ほんとにどうぞ。飛び入りだって余裕はあるんですもの」

ギャッツビーが私をさぐるように見た。もう行く気になっていて、スローンが来させまいとしているのが見えていない。

「残念ながら、今夜はちょっと――」と、私は言った。

「じゃ、そちらは?」女はギャッツビーだけでも呼ぼうとする。

その耳元へスローンが何やらつぶやいた。

「だって、すぐ出れば間に合うんだから」女は声をひそめることもない。

「馬がありませんのでね」と、ギャッツビーは言った。「軍にいた頃は乗りましたが、自分では買い入れていないものですから、車で追わせてもらいます。ちょっとお待ちを」

ほかの者は玄関ポーチへ出る。スローンと女が激しい内緒話を始めた。

「あいつ、すっかり来る気だな」と、トムは言った。「社交辞令だってことがわからんのか」

「でも嘘じゃないと言われてたが」

「あっちで大きな夕食会があるんだ。そんなとこ行ったって、知ってる顔なんかないだろうに」トムは苦い顔をした。「どこでデイジーと会ったんだろう。俺が古いのかもしらんが、近頃の女は平気で遊びまわるのがけしからんな。どういう馬の骨に出っくわすかわかりゃしない」

すると、いきなりスローンと女が階段を下りていって、馬に乗った。

「急ごう」と、トムにも声をかける。「のんびりしてはいられない」それから私に向けて、「待ってるわけにいかないと伝えてくれないかな?」

トムと私が握手をして、あとは冷めた目礼をかわし合って別れた。馬上の三人が軽快に去っていく。八月の木々の葉をくぐって消えるのと同時に、帽子と薄手のコートを手にしたギャッツビーが出てきた。

トムとしてもデイジーを一人で遊ばせておくのは気がかりだったようで、次の土曜日の夜にはデイジーともどもギャッツビー邸に姿を見せた。そんなわけで、いつになく重苦しい晩になったのかもしれない。この夏のパーティの中では、へんに記憶に残ることになった。来ていた顔ぶれは変わらない。少なくとも似たような顔ぶれであって、いつものようにシャンペンが行き渡り、いつものように色彩と音響が入り乱れたのだが、どことなく楽しめない雰囲気があった。この夜ばかりは、ぎすぎすした空気が流れていると思った。

あるいは、すでに私がウェストエッグになじんでいただけのことか。ここだけで一つの完結した世界ができて、独自の基準があって、名物となる人士がいて、ほかの世界に負けるなどとは思いもよらない。そういう感覚に私まで染まっていたのかもしれない。ところが、この夜、ふたたび別の見方をして、つまりデイジーの目から見るような形で、ウェストエッグをながめていた。いわば懸命に適応しようとしたあとで、また新しい目になって見直しているのだから、いままでの苦労は何だったたかと情けなくなる。

暮れ方にやって来たデイジーたちと連れ立って、何百という客がきらめく庭園をそぞろ歩いていると、デイジーが喉の奥でささやくように言った。

「ここにいると心がときめいたりして――。もしキスしたくなったら、今夜いつでも、そう言ってね。わたしの名前を出すか、緑のカードを提示してください。そういうカードをお配りしておりまして――」

「ほら、ご覧なさい」ギャッツビーは言った。

「そりゃもう、きょろきょろ見せてもらってるわ。なんて、すごい眺めかと――」

「名前だけは聞いたことのある人がこんなに来てるんだ、と思うでしょう」

だがトムは集まっている客に不遜な目を向けていた。

「あまり付き合いは多くないんでね。知った顔はなさそうだ」

「あちらの女性はわかりますね？」白いプラムの木の下に、もはや人間ではなく豪華な蘭の花になったような美人が堂々と坐しているのだった。これにはトムもデイジーも目を丸くした。まさか、こんなところにいるとは思わなかった。いままで生身の人間とも見えなかった映画界のスター女優が来ていたのだ。

「すてきな女《ひと》」と、デイジーは言った。

「横から前かがみになっているのが監督ですよ」

ギャッツビーは威儀を正して、あちこち紹介して歩いた。

「ブキャナンさんの奥さん……こちらが、ご主人で――」と言いかけて、ふと迷ったようだが、「ポロの名選手です」

「おい、おい」トムは急いで口をはさんだ。「そんなんじゃない」

だが、どうやらギャッツビーは言葉の響きが気に入ったようで、この夜のトムはずっと「名選手」にされていた。

「こんなに有名人が来てるなんて!」デイジーがはしゃいだ声を出した。「おもしろい人がいたわね――なんていう名前だっけ――とりすました感じの」

これに答えたギャッツビーは、あれで一応はプロデューサーですよと言った。

「でも、おもしろかったわ」

「名選手と言われるのは、ぞっとしないぜ」トムにしては気さくな口をきく。「ひたすら無名の立場になって、こっそり拝見していたいね」

それでデイジーとギャッツビーが組んで踊った。ギャッツビーがきれいな正統派のフォックストロットを踊るので、見ている私が驚いたという覚えがある。この男が踊るのを初めて見た。それから二人で隣の家へ流れていった。つまりギャッツビーとデイジーが私の家へ行って、玄関前の階段に三十分も坐っていた。この間、私はデイジーに頼まれて、まるで見張りに立つように、ギャッツビー邸の庭に居残った。デイジーに言わせれば、「だって火事か洪水か、天災みたいなものがあるかもしれないでしょ」ということだ。

そろそろ夕食が出る刻限になって、無名の立場で消えていたトムが、また姿を現した。「ほかの席へ行ってもいいかな。なかなか愉快なやつがいるんだ」

「どうぞ」デイジーはさらりと受けた。「どなたかの住所でもメモするなら、これ貸したげるわ。かわいい金色のペンシル……」

デイジーは、いくぶん間をとってから、あたりの様子をうかがい、「上品ではないけど、きれいな女」と言ったので、さっきの三十分間のほかは、デイジーが楽しんでいるとは言いがたいのだと知れた。

ひどく酒のまわった席についてしまった。私の計算違いだ。このときギャッツビーは電話に呼び出されていたので、私が二週間前のおもしろかった記憶から判断して、この席にしたのだったが、今回は酒臭さが鼻につくだけのことだった。

「大丈夫ですか、ミス・ベイデカー」

そう言われた女は、私の肩にだらしなく寄りかかろうとしていた。だが、いまの声を聞いて、すっと伸び上がり、目を開けた。

「え、なに?」

ここで助けるように口をきいたのが、もっさりした大きな女である。さっきからデイジーにゴルフの話を仕掛けて、あすにでもクラブに出てくれと言っていた。

「この人なら、もうおさまったわ。カクテルが五、六杯まで行っちゃうと、きまって大騒ぎするのよ。だからやめときなさいって言うんだけど」

「やめてるわよ」と、被告席から空疎な抗弁があった。

「だって叫びちらす声が聞こえたから、このシヴェット先生に、お医者さん、出番です、って声をかけたんじゃないの」

「そりゃあ、お世話になったとは思うけど」と、また別の女がありがたくもなさそうに言った。「この人の頭をプールに突っ込むんだもの、ドレスまでびしょ濡れだったわ」

「あたし、プールに頭突っ込まれるの大っ嫌い」ミス・ベイデカーがぼそぼそ言った。「ニュージャージーで、溺れ死にするかと思ったことがある」

「だったら飲まなければいい」シヴェット医師が真っ向から言った。

「先生だって、人のこと言えないじゃない」ミス・ベイデカーは猛烈に叫んだ。「そんなに手がふるえてるんじゃ、手術なんかしてもらえないわ！」

こんな調子の席だった。たいした記憶も残っていないが、結局、私とデイジーがならんで立って、映画監督とスター女優を見ていたのだったと思う。この二人は、さっきの木の下で、顔と顔をくっつけそうになっていて、わずかに細く月の光が見えるから、くっついていないとわかる。いや、今宵の時を使いきるほどに、じりじりと手間をかけて、あの微妙な至近距離にまで寄ったのかもしれない。こちらから見ていると、ちょうど最後の一押しがあって、女優の頬にキスがなされようとしていた。

「いい感じだわ」と、デイジーが言った。「すてきな女《ひと》」

だが、そのほかはデイジーにとって気に入らないことばかりだったようだ。どこがどうというより、とにかく合わないのだから仕方がない。このウェストエッグなる土地をおぞましく思っていたのである。ロングアイランドの漁師町だったはずのところへ、ニューヨークの演劇界が前代未聞の進出をしてきた。やんわり言えばよいことでも、じれったそうにずけずけ言いたがって、品がなく元気がよい。どうでもよさそうなことを大急ぎですませるように生まれついたと見えて、せかせか動きまわるのが目にある。そういう単純な行動がわからないデイジーには、いとわしいものとしか見えなかった。

トムとデイジーが帰りの車を待つ間、私もギャッツビー邸の階段に坐っていた。屋敷の正面が暗い。玄関内の明るさが、くっきりした四角い光を、やわらかな未明の闇へ投げるだけだ。上階の化粧室のブラインドに、ふと影が映ることがあって、すぐに次の影に代わる。ここからは見えない鏡にルージュとパウダーを直す影が、いつまでも交替していた。

「ところでギャッツビーとは何者だ」と、トムが出し抜けに言った。「密造酒の親玉か?」

「そんな話、どこで聞いた?」

「聞きゃしないさ。そんなもんじゃないかと思った。いまどきの成金は、そういう手合いだろ」

「ギャッツビーは違う」私もぞんざいな口をきいた。

トムは、すぐには応じなかった。足元の砂利がきしんだ。

「これだけの人数を取りそろえるとは、よほどに無理したんだろうということだ」

小さな風が立って、デイジーの毛皮の襟巻きに、ふわふわしたグレーの色が揺れた。

「ともかくも、わたしたちの知り合いよりは、おもしろかったと思うわ」デイジーは絞り出すように言った。

「おもしろがってるようには見えなかったぞ」

「でも、ほんとなんだもの」

するとトムは笑い声をあげて、私のほうへ向いた。

「冷たいシャワーを浴びさせてくれとデイジーに言った女がいただろう。あのときのデイジーの顔ったらなかったたな」

デイジーは邸内からの音楽に合わせて歌いだした。ささやくようにハスキーな声にリズムがついて、口ずさむ歌詞の一語ずつに、いまこのときにしかない意味さえも感じられた。メロディーが上昇すると、わずかに遅れてデイジーの声が裏返るのは、低い声の持ち主にはありがちなことだが、それもまた愛敬だ。そうなるたびにデイジーの魅力がふんわり漂って出るようだった。

だが、いきなり「招かれもしないのに来る人が多いのね」という発言があった。

「さっきの女の人だって押しかけ組でしょ。それでも迎えてもらってるのよ」

「まったくギャッツビーってのは、どういうやつで、何をやってるんだろうな」トムはこだわった。「さぐりを入れてみるか」

「そんなことするまでもないわ。あの人、ドラッグストアを持ってたの。一軒や二軒じゃないわよ。そこまで一代で築き上げた」

ようやく迎えのリムジンがのんびりとやって来た。

「じゃ、ニック、おやすみ」と、デイジーが言った。

こっちを見たデイジーの目が、私を離れて、階段の一段目に向かった。玄関先に光がこぼれ、洒落た悲しいワルツが洩れてくる。この年の流行《はや》りで「午前三時」という曲だった。つまり、ギャッツビー邸のパーティはまったく遠慮のいらないものであり、だからロマンチックなこともありそうで、そんなものがデイジーの住む世界には全然ない、ということだ。上から聞こえてくる音楽に、デイジーを引き戻す何があるのか。何があってもおかしくない未明の闇だ。あっと驚くような珍客が現れるかもしれない。それが正統派の、まばゆいばかりの美女であってもおかしくない。澄んだ瞳がちらりとギャッツビーに向けられたがために、五年間ずっと小揺るぎもしなかった一途な恋でさえ、あっさり押しのけられるということもありうる。

この夜、私は最後まで居残ることになった。手が空くまで待ってくれとギャッツビーが言うので、しばらく庭園でぶらぶらしていたら、あいかわらずの泳ぎたがる連中が、冷えた身体で、くたくたになって、暗い海岸から引き上げてきた。屋敷の上階では、客用の部屋の明かりが消えた。ようやく下りてきたギャッツビーは、日焼けした顔を引きつらせ、目にやつれた色が見えていた。

「デイジーは喜んでいなかった」と、前置きもなしに言う。

「そんなことはない」

「いや、そうなんだ。ちっとも楽しんでいなかった」

しばらく黙ったので、これは言いようもなく沈んでいると思われた。

また口をきいて、「すっかり距離ができてしまった。わかってもらえそうにない」

「ダンスがうまくいかなかった？」

「え？」ギャッツビーは中指を鳴らして、そんなことではないと打ち消した。「ダンスなんてのは、どうでもいいのであってね」

つまりギャッツビーとしては、デイジーがトムの前へ行って「愛したことなどない」と言うのでなければならない。そうやって三年分の時間を抹消してくれたら、これからの現実をどうするかという相談もできるだろう。ひとつ考えられる方法は、彼女が自由の身になったら、まずルイヴィルの実家へ連れ戻して、あらためて——まるで五年前に戻ったように——結婚することだ。

「ところが、わかってもらえない」ギャッツビーの口ぶりに絶望がにじむ。「昔はわかってくれた。何時間でも坐っていて——」

言葉が途切れ、ギャッツビーは行ったり来たり歩きだした。パーティが終わったあとのことで、フルーツの皮、捨てられた景品、踏まれた花が、さびしい小径《こみち》をなしている。

「デイジーに無理な注文をするのもどうだろうね」と、私はあえて口出しめいたことを言った。「過去を繰り返すことはできない」

「できない？」ギャッツビーには心外のようだ。「できるに決まってるじゃないか！」

そう言って、あたりを見やる。つかみそこなった過去が、まだ遠くへは行かず屋敷の陰にひそんでいるとでもいうのだろうか。

「まったく元通りに直そうと思ってる」と言いながら、意を決したようにうなずく。

「デイジーだって、いまにわかる」

ギャッツビーは過去について舌がなめらかになった。聞いている私には、何か取り戻したいものがあるのかと思えた。おそらく自己認識というようなものだろう。それがデイジーを愛することに関わっていたようだ。デイジーを愛して以来、ギャッツビーの人生に乱れが生じ、行くべき道に迷ったのだが、いまからでも、どこか出発点らしきところへ戻って、じっくり慎重にやり直せば、その取り戻したいものが見つかると思うらしい……

……いまから五年前の秋の夜、二人で枯れ葉の散る道を歩くと、もう並木が途絶えたあたりで、月の光に舗道が白く染まっていた。立ち止まり、たがいの顔を見合わせる。だいぶ夜が涼しくなった。春秋の変わり目には、不思議と心が騒ぐものだ。そういう夜は、静まっていた近隣の灯火が、やわらかく歌いだしそうに闇にこぼれる。夜空の星もざわめくようだ。ギャッツビーは視野の片隅に舗道を見た。この道をたどっていけば、それが木の高さをも超える梯子になって、どこか秘密の場所へ行けるのではないか。もし一人で行くのなら行けるだろう。そっちへ行けば、人生の旨味をたっぷり味わい、汲《く》めども尽きぬ養分を吸えるのかもしれない。

心臓の鼓動が速くなった。デイジーの白い顔が寄ってくるのだ。いまここでキスをしたら、はかない女の吐息でしかないものに、まだ何とも言えない将来を結合させることになる。精神は自由を失う。神のようには動けない。そう思って時間をかけた。星を音叉でたたいた運命の響きを、念には念を入れて聞いてみた。そうしておいてキスをした。唇がふれた瞬間、デイジーは花になって咲いた。もはや夢の化身である。

こういう話を聞きながら――あきれるほどの感傷を浴びせられながら、私は何か心に浮かびそうなものがあると思っていた。ちょっとしたリズムだったか言葉だったか、ずっと前にどこかで聞いたような気がするのに、なかなか思い出せない。ある言い回しが出かかって、私は間抜け面《づら》で半開きの口になり、小さい乱気流のような息をしていたのかもしれないが、ついに声として出すにはいたらず、かすかに思いつきそうだったものはどこにも届かないままだった。

第七章

ギャッツビーに対する関心が、いやが上にも高まっていたというのに、ある土曜日は、めずらしく屋敷の灯火が点《つ》かなかった。盛大なパーティに明け暮れる日々は、いつ始まったのかわからなかったが、その終わりもまた謎だった。すぐには気づかなかったが、見ていると、いつもの調子で乗り入れてくる自動車が、しばらく停まってから、当てがはずれて引き返していく。私はギャッツビーが具合でも悪くしたかと思って行ってみた。応対に出た執事に見覚えはなく、いかにも人相が悪い。ドアを開けて立ったまま、何の用だと言わんばかりの顔をする。

「ギャッツビーさんは、どこか具合でも？」

「いや」と、ぶっきらぼうに言った執事が、取って付けたように「別に」と添えた。

「お見かけしないようなんで、何かあったのかと思いましてね。じゃあ、キャラウェイが来たと言っといてください」

「誰が来たって?」

「キャラウェイ」

「ああ、そう。言っときましょ」

ばたん、とドアを閉められた。

うちへ帰ってフィンランド人の家政婦に聞くと、もう一週間も前にギャッツビーは使用人にことごとく暇を出し、新規の数名に置き換えたのだという。今度の雇い人は、ウェストエッグ・ヴィレッジへ買い出しに行くことがないから、それなりに役得があるということもない。せいぜい必要なものを電話で注文する程度だ。その配達に行く男から、もうキッチンだか豚小屋だかわからない、という目撃談があったので、まともな使用人が来たのではなさそうだとの見方が一帯に広まっていた。

すると翌日、ギャッツビーから電話があった。

「引っ越し?」と、私は言った。

「いや、いや」

「人の整理をしたと聞いたので」

「口の堅い者に入れ替えたんですよ。このごろはデイジーが来るんで——午後に」

そういうことか。せっかく接待の館を設けたのに、デイジーのお眼鏡にはかなうことなく、トランプの家のように、あえなく崩壊したのだった。

「あいつらはウルフシャイムが目をかけてやった連中でしてね。みんな同じ一族で、もとは小ぶりなホテルをやっていた」

「ほう」

この電話はデイジーに言われてかけたらしかった。あした、デイジー宅のランチに来てくれないか、ミス・ベイカーも来るのだが、ということだ。それから三十分後にデイジーからも電話があった。私が行くと知って、ほっとしたような口ぶりだ。何かある、という予感はした。だが、わざわざ争いごとのきっかけにされるとは思わなかった。しかもギャッツビーが庭園で構想してみせたのと同じような、やりきれない場面が展開することになるとは、まったく予想もしなかった。

翌日は、ひどく暑かった。季節の最後になって、この夏一番の暑さだったのではないか。ニューヨークから乗った帰りの電車がトンネルを抜けて明るい地上へ出ると、ナビスコ社の正午のサイレンが、じりじりと暑い空気を破った。麦わらを詰めた座席が、いつ発火してもおかしくない。隣席の女は白いブラウスにじわじわと汗を吸わせていたが、手にしていた新聞までもじっとり汗ばむにおよんで、ついに我慢がきかなくなった。こらえきれずに声をあげて、暑さに引きずり込まれていく。ハンドバッグが、ぱたりと下に落ちる。

「あら、まあ！」と、あえぐように言う。

私だって元気ではないが、前かがみになってバッグを拾い、伸ばした手の指先でバッグの角をつまむようにして差し出してやった。とくに下心はない、という意思表示のつもりだが、この女も、まわりの客も、へんに勘繰っているようだ。

「暑いですね！」車掌が顔見知りの乗客に声をかける。「まったく、この陽気は……いやはや暑い、暑いですね、いや、暑い。いかがですか？　暑い？」

車掌に見せた定期券に、手のあとがついて返された。こんな陽気だと、どの女の熱き唇にキスするか、パジャマの胸ポケットにしっとりした髪を押しつけるのは誰なのか、というようなことにこだわる人間の気が知れない。

……ブキャナン邸へ行くと、わずかに奥から吹いてくる風があって、玄関で待つギャッツビーと私のほうへ電話の呼び出し音を運んだ。

「ご遺体が！」と、執事が受話器にわめいたようだった。「すみませんが、奥様、いまはお支度できません――こんな昼間では熱くて手を出せませんので」

もちろん現実に聞こえたのは、「はい……では、そのように」という言葉でしかない。

受話器を置いた執事が、いくらか汗ばんで、私たちのカンカン帽を受け取りに来た。

「奥様は客間でお待ちです」と、大きな声で言いながら、そっちの方角へ手を向ける。よけいなことだ。こう暑くては、ちょっとでも無駄なことをされると、それだけ寿命が縮みそうだ。

通された部屋は、うまく日よけの対策ができていて、薄暗く、涼しかった。デイジーとジョーダンが大きなソファに倒れ込んでいる。銀の神像が二体ならんでいるようだ。ぶーんと音を立てる扇風機の風に逆らい、それぞれの体重によって白いドレスを飛ばされまいとする。

「もう動けないの」という二人の声がそろった。

ジョーダンは、日焼けした手がパウダーで白くなっている。その手を、わずかな時間だけ、私にとらせた。

「で、名選手のトーマス・ブキャナンさんは？」

と私が言うと同時にトムの声も聞こえた。電話をかけているらしく、ざらりとした無愛想な声が、電話口から廊下を抜けてくる。

ギャッツビーは深紅のカーペットの中央に立ち、感慨にふける目を周囲に向けていた。それを見ているデイジーが、この人らしい愛らしさを振りまいて笑う。笑った勢いで、胸のあたりにパウダーが舞った。

「電話のお相手は――」ジョーダンがこっそり言った。「じつは愛人である、という噂もちらほら」

部屋の中が静まった。ドアの外からの声だけが、いらだたしそうに高まる。「そういうことか。じゃあ、車は売らない……そんな義理はないんだからな……わざわざ昼食どきに話をしてくるというのが、けしからんじゃないか！」

「あれで受話器は置いてあったりして」デイジーはうがった見方をする。

「いや、嘘じゃないだろう」と、私は言った。「そういう取引の話があるらしい。たまたま耳に入ったんだが」

ここでトムがドアを開け放って、その空間を頑丈な身体でふさいだと思うと、すぐに室内へ入った。

「やあ、ギャッツビーさん！」気に食わないという本音は引っ込めておいて、大判の手を差し出す。「これはようこそ……ニックもな」

「冷たいものでも出してよ」と、デイジーは言う。

ふたたびトムが出ていくと、デイジーは立ち上がってギャッツビーに近づき、その顔を引き寄せて、ちゅっと口にキスをした。

「好きなのよ」と、小さく言ってのける。

「あら、ここにレディもおりますのに」ジョーダンが言った。

どこかしら、と言いたげにデイジーはあたりを見まわした。

「あなたはニックにキスしたら？」

「まあ、お品の悪い！」

「かまやしないわ！」デイジーは暖炉の前で足を踏み鳴らして踊ったが、さすがに暑苦しいことをしたと思ったようで、ソファに戻って腰をおろした。と、このとき、こざっぱりした身なりの乳母が女の子を連れてきた。

「ああ、かわいい」デイジーは鼻声になって、大きく手を伸ばした。「さ、こっちいらっしゃい」

子供は乳母の手を離れて、とことこ駆け出し、いくぶん照れたように母親のドレスにへばりついた。

「ほんとにかわいいんだから。あ、金色の髪の毛に、おかあさんのパウダーがついちゃったかしら——。じゃあ、ちゃんと立って、ご挨拶なさい」

ギャッツビーと私が一人ずつ腰をかがめて、おずおずと出される小さな手をとった。そうしておいてギャッツビーは、意外だという眼差しを子供に向けていた。こういう存在について、このときまで現実だとは思っていなかったのではないか。

「お昼の前にお着替えだったの」こんなことを子供はデイジーに聞かせたがった。

「そうね、おかあさんが頼んだのよ。おめかしして欲しかったから」そう言ってデイジーは、小さな白いうなじに一本だけ見える筋に、自分の顔をくっつけた。「あなたは夢……かわいい夢だわ」

「うん」落ち着いた答えだった。「ジョーダンおばさんも白いドレスね」

「おかあさんのお友だちが来てるのよ」と言いながら、デイジーは子供をギャッツビーの方向へまわした。「すてきな人たちじゃない？」

「ダディは？」

「この子、父親には似てないの」デイジーが注釈を入れた。「母親似なのよ。髪の毛も、顔の輪郭も」

デイジーはふたたびソファに沈み込み、乳母が進み出て、手を伸ばす。

「さ、行きましょ、パミー」

「バイバイ、いい子ね」

よく躾《しつ》けられている子供で、うしろを振り返りはしたものの、しっかりと乳母の手につかまって連れ出されていった。ちょうど入れ替わりにトムが来る。あとから四人分のジンリッキーも来て、あふれそうな氷が音を立てていた。

ギャッツビーもグラスを手にした。

「涼しげですね」と言うが、緊張は隠せない。

誰もがごくごくと一気に飲んでしまった。

「いまは毎年、太陽の温度が高くなってるらしいな。どこかに書いてあった」トムがあたりさわりのないことを言った。「そのうちに地球が太陽にぶつかるのかも——あ、待てよ、逆だったかな。太陽は冷えてきてるんだったか」

さらにトムは続けて、「じゃあ、外へ」とギャッツビーに誘いかけた。「このあたりをご覧いただこう」

というわけでベランダへ出た。入り江が緑色に広がる。暑さにげんなりした海面に、小ぶりなヨットが帆を張って、さわやかな外海へ出ようと少しずつ進んでいく。わずかに目で追ったギャッツビーが、入り江の対岸へ手を向けた。

「わが家は、この真向かいですよ」

「そうですな」

みなの視線が上がった。バラの花壇、熱くなった芝生、海藻の打ち上がった夏の盛りの海岸……。ヨットは白い翼を広げて、青く涼しげな大空を背景に、ゆっくりと動いている。その行く手には、どこまでも波模様の続く大洋と、美しく点在する島々が見えた。

「ああいうのが楽しいんだ」と、トムはうなずいた。「一時間ばかり出ていきたいもんだが」

それからダイニングルームで昼食になった。ここも暑さ対策で日を遮っている。楽しい食卓の緊張感を、冷えたエールで喉に落とした。

「午後からどうしましょう?」デイジーの声が大きかった。「あすという日も、これからの三十年も、どうしたらいいのかしら」

「病んでる発言だわ」と、ジョーダンが言った。「秋になって空気がさっぱりすれば、また新たなる出発があるのよ」

「だって暑いんだもの」デイジーは泣き出さんばかりになる。「もう何が何だかわからない。ね、町へ出ない?」

この声が暑さに逆らって出てくる。無理にでも言葉になろうとする。

「このごろは——」トムはギャッツビーに話しかけていた。「厩舎に自動車を入れるなんて話を聞くが、ガレージに馬を入れたのは俺くらいなものかな」

「出かけたい人いない?」デイジーはしきりに言いつのる。ギャッツビーの視線が、そっちへ流れた。

「まあ、あなたってクールだわ!」

視線が出会って、そのまま二人だけが見つめ合っていた。デイジーが無理やりテーブルに目を落とす。

「いつだってクールなんだから」

さっきはギャッツビーに好きなのよと言った。トム・ブキャナンも感づくものがあって愕然としたようだ。ぽかんとした顔をギャッツビーに向け、またデイジーに向ける。とうの昔に知っていた女に、たったいま気づいたというようだ。

「広告に出る好男子ってところかも」デイジーはさらりと言ってのける。「ほら、よく見るでしょ、シャツの宣伝の人――」

「わかった、わかった」トムが割り込んで言った。「じゃあ、出かけようじゃないか。そろって繰り出すとしようよ」

トムは立ち上がったが、その目はギャッツビーとデイジーを往復していた。ほかに身動きする者はない。

「じゃあ、行くぞ！」そろそろ我慢しきれなくなっていて、「おい、どうなってるんだ。行くんなら、さっさと行こう」

必死に自制して手がふるえるほどのトムが、飲み残したグラスを口に運ぶ。デイジーが声を上げたのを機に、一同が立って外へ出た。玄関前の砂利道が灼けるように熱い。

「このまんま行っちゃうの？」デイジーはこれまでと逆のことを言う。「ちょっとシガレットを、なんていう時間もとらないのかしら」

「食事中、吸いっぱなしだったじゃないか」

「もう、いいから、楽しくやりましょ。こんな暑い日に、うるさいこと言わないでよ」

トムはもう応じなかった。

「好きにすればいいわ」と、デイジーは言う。「行きましょ、ジョーダン」

女二人が二階へ上がったので、あとの三人は熱い砂利を足でずり動かして待つことになった。もう月が西の空に銀色の弧を見せている。ギャッツビーが何か言いかけてやめたらしいのだが、すでにトムがくるりと向き直って、聞くつもりになっていた。

「え、何だって?」

「この家には厩舎があるんですか?」ギャッツビーは頑張って口に出した。

「この先、ちょっと離れたところに」

「ほう」

沈黙。

「ニューヨークへ出たからってどうということもなかろうに」トムは冷たく言い放った。「女の考えそうなことだな――」

「飲みものは持ってかなくていいの?」と、二階の窓からデイジーが言った。

「じゃあ、ウィスキーでも」と、トムは屋内へ行った。

ギャッツビーが強ばったような身体を私に向けた。

「どうも、この家にいると、ものが言えなくなる」

「デイジーは平気でしゃべってるけども」と、私は感想を述べた。「あの声はまったく――」

ここで私は迷った。

すると不意にギャッツビーが、「金にまみれた声ですよ」

そうか。そういうことだった。あの声が上昇し下降し、鈴の音のようにも鉦《かね》の音のようにも鳴って、どこまでも魅力をまき散らすのは、いくらでも金があるからだ……白い宮殿の奥にいる高貴の姫君、黄金の美女……。

トムが出てきた。ボトルを一本持って、タオルで巻こうとしている。そのあとからデイジーとジョーダンが来る。二人ともメタリックな風合いの、きっちりした帽子をかぶって、腕に薄手のケープをかけていた。

「私の車だけで行けますよ」と言いながら、ギャッツビーは緑色の革張りシートに手をあてた。だいぶ熱くなっている。「日陰に駐めておけばよかった」

「ギヤシフトは標準か？」トムが威丈高に言った。

「ええ」

「じゃあ、俺のクーペに乗っていけよ。俺がそっちを借りる」

こういうことはギャッツビーの趣味ではない。

「ガソリンが減ってるかもしれません」

「いや、大丈夫だ」トムは豪快に言い放ったが、一応はメーターを見て、「もし足りなくなったらドラッグストアへ寄ろう。近頃は何でも売ってるからな」

いきなりこんな話をされて、その場が静まった。デイジーは眉をひそめてトムを見る。何とも言いがたい表情が——まったく見たことがないような、どこかで見たこともあるような、いわば言葉で聞かされたことはあるが見たことはないというような表情が、ギャッツビーの顔をよぎった。

「ほら、デイジー」トムはギャッツビーの車のほうへ妻を押した。「この移動サーカスみたいな車に乗っていこう」

そうやって車のドアを開けたのだが、抱きかかえられていたデイジーがするりと逃げた。

「ニックとジョーダンを乗せてあげて。あとからクーペで追うわ」

デイジーはギャッツビーにすり寄っていって、その上着に手を添える。ほかの者はギャッツビーの車に乗ることにして、ジョーダンと私も前の座席に坐った。トムが慣れない車のギヤを入れると、ぐんと加速した車はクーペの二人を置き去りにして、重苦しい暑気の中を突っ走った。

「やっぱり、そうだろう?」トムがまた問いつめる。

「何がどうだって?」

トムが私に向ける目は鋭かった。ジョーダンも私もとうに知っていたのだろうという目になっている。

「えらく間の抜けたやつと思われたようだな。ま、そうかもしれないが、たまには先見の明が働いたりもするんだ。予知能力とでも言うかな。あまり信じてもらえないだろうが、科学的に言って――」

だが話は止まった。いまの差し迫った状況としては、崖っぷちで思いとどまったというところだ。ずぶずぶと理論の深みに沈んでいる場合ではない。

「あの男については少々調べさせてもらった。こうとわかっていたら、もっと深追いしてもよかったが――」

「霊媒にでも見てもらったの？」ジョーダンが茶々を入れた。

「なに？」トムは面食らって、笑っているジョーダンと私に目をむいた。「霊媒？」

「ギャッツビーについてお伺いを立てたとか」

「冗談じゃない。ギャッツビーについて少々調べたと言ったんだ。過去を洗ってみた」

「オックスフォードの出だってわかったでしょう」ジョーダンが話をつないでやる。

「オックスフォード？」トムは不信感をあらわにして、「そんなことがあるもんか。ピンクのスーツなんて着てるじゃないか」

「ところがオックスフォードなのよ」

「ニューメキシコ州のオックスフォードか」トムは鼻の先であしらった。「ありそうな地名だ」

「でもねえ、そこまで馬鹿にした態度をとるなら、ランチに呼んだりしなければいいじゃないの」ジョーダンもさすがに反発していた。

「デイジーが呼んだんだ。独身時代に知り合いだったらしい。どこで出くわしたのか知らないが」

さっき飲んだエールの勢いが弱まって、気持ちがささくれ立ってくるのがわかるだけに、しばらく押し黙る時間ができた。そうこうするうちにＴ・Ｊ・エクルバーグ博士の消えかかった目が進行方向に見えてきて、ギャッツビーがガソリンの心配をしていたことが思い出された。

「ニューヨークまでは行けるさ」トムは言った。

「すぐそこに修理屋があるのに」ジョーダンが意見をはさむ。「こんな暑いさなかに立ち往生なんていやだもの」

トムは腹立ちまぎれの急ブレーキをかけた。ちょうど看板の下で、車がずずっと止まる。ほどなくウィルソンが店の奥から出てきた。この車を見て、目玉が消えうせたような顔をする。

「ガソリンだ！」トムは乱暴な口をきく。「どんな用で止まったと思ってるんだ。観光の名所じゃあるまい！」

「どうも身体の調子がおかしいんですよ」ウィルソンは動こうともしない。「朝からずっと」

「どうしたんだ？」

「どうにもこうにも」

「じゃあ、自分で入れるしかないのか？」トムが息巻く。「電話の声は元気そうだったじゃないか」

ウィルソンは日陰の戸口に手をかけていたのだが、大儀そうに息を切らせて給油口のキャップをひねりに来た。日なたに出ると、顔色が異常に悪かった。

「いや、お食事の邪魔をするつもりじゃなかったんですが、すぐにでも金が要るもので、例のお車はどうなさるつもりかと思ったんですよ」

「こいつなんかどうだ？」とトムは言った。「先週買ったばかりだぞ」

「いいですね。黄色の車体ですか」と言いながら、ウィルソンが給油ポンプに力をかける。

「買うかい？」

「こいつは当たれば大きいんでしょうが」ウィルソンは弱々しい笑みを浮かべた。

「やっぱり小《こ》商《あきな》いさせてもらいますよ」

「で、なんでまた急に金が要ることになった？」

「ここいらにも長居しましたんでね。引っ越したくなりました。女房と西部へ行ってみます」

「女房と?」トムは思わず口走った。

「もともと、あいつが言ったことですよ。もう十年も前から言ってます」ウィルソンは手で日射しをさえぎりながら、ふらりとポンプに寄りかかった。「しかし、いまとなっては連れていかないわけにはいきません。いやでも連れ出します」

あとから来たクーペが、砂埃を巻き上げて通りすぎていった。ちらりと手が振られたようだ。

「いくらだ?」トムは突っかかるように言う。

「この二日ばかり、おかしなことに気づいてましてね――。だから出ていく気にもなって、車の話も早いとこ片づけたいんですよ」

「いくらだ?」

「一ドル二十」

容赦なく照りつける暑さのせいで、私はわけがわからなくなりそうな、へんに間の悪い思いをしたのだが、そんな一瞬があって、ふと考えることがあった。ウィルソンに猜疑心《さいぎしん》が出ているとしても、まだトムが怪しいとまでは踏んでいないだろう。ただ女房のマートルには亭主の知らないところで別の人生がある、ということだけは悟ったようで、そのために体調までおかしくなっている。私はこの男をしげしげと見て、また同じようにトムも見てしまった。ほんの小一時間前には、トムが逆の立場でそっくりの発見をした。どうやら男というものは知恵や出自には大差がなく、もし違いが出るとしたら身体が丈夫かどうかというところで決まるようだ。ウィルソンなどは気持ちから弱ってしまって、まるで自分が悪いことをしたような——どこかの娘に手を出して孕《はら》ませたとでもいうような、沈みきった表情になっている。

「じゃあ、あの車を譲ってやろう」トムは言った。「あすの午後にでも、こっちへ回すようにする」

この土地には、いつ来ても不安な心地になる。ぎらぎら明るい昼下がりなのに、なんとなく気味が悪い。あやしい気配を背後に感じたように思って振り返ると、例によってエクルバーグ博士の目に見張られていたのだが、ほかにも目はあるということに、まもなく気がついた。せいぜい数メートルの距離から、射すくめるような視線を浴びせられている。

修理屋の二階で、わずかに窓のカーテンを開けたマートル・ウィルソンが、この車をじっと見下ろしていた。思い詰めた顔になっていて、自分が見られているという意識はない。徐々に現像されていく写真のように、一つまた一つと感情が浮いてくる顔だった。いや、私にも心当たりはある。女の顔がこうなることは私だって何度か見ている。だがマートル・ウィルソンの顔で見ると、どこか的外れな、狙いのわからない印象があった。そして、それもそのはず、あの嫉妬のにじむ恐怖心に見開いた目は、トムではなくジョーダン・ベイカーに焦点をあてていたのだった。これがトムの妻だと勘違いしたのである。

もともと単純な精神が混乱するとしたら、とんでもない混乱が生じる。ふたたび車を走らせたトムは、灼熱の鞭で打たれるような大恐慌を来《きた》していた。一時間前までは妻と愛人をしっかり確保していたのに、いまは双方とも手の届かないところへすり抜けていきそうだ。思いきりアクセルを踏んだのは本能が働いたせいだろう。デイジーには追いつきたいし、ウィルソンとは離れたい。時速八十キロは出してアストリア方面へ向かい、蜘蛛が足を広げたような高架鉄道の線路下まで来ると、悠々と前を行く青いクーペが見えた。

「五十丁目あたりの大きな映画館がクールなのよね」と、ジョーダンが言った。「人がいなくなった夏の午後のニューヨークって、すごく好きだわ。官能的って言うかなあ、完熟の果物をどんどん持たされるみたいな」

この「官能」という言葉で、なおさらトムは穏やかではなかったようだが、言い返す知恵もまわらずにいると、前のクーペが停止して、道路の端へ寄れという合図をデイジーが発した。

「どこ行きましょうか？」と声を上げる。

「映画なんかは？」

「暑くって」デイジーは嫌がった。「お好きにどうぞ。こっちは適当に走りまわって、あとで合流するわ」とまで言って、いくらか頭が働いたようで、「じゃあ、街角でお会いしましょう。シガレットを二本くわえて待ってます」

「そんなこと言ってる場合じゃないだろ」トムはいらだった。うしろからトラックの警笛に煽《あお》られている。「セントラルパークの南側へ行くから、ついて来い。〈プラザ・ホテル〉の前だ」

それからトムは何度も振り向いて、後続の車が来るのを確かめ、もし遅れがちであれば、また見えてくるまで速度を落とした。うしろの二人がひょいと脇道へそれて、そのまま永久に見えなくなることを警戒したのではないかと思う。

だが、そういうことにはならなかった。現実には〈プラザ・ホテル〉のスイートを借りて、その客間に集まったのだから、かえって現実離れしていたかもしれない。

あの部屋へぞろぞろと入っていくまでの経過がどうだったのか。おおいに議論が紛糾したはずだが、よく覚えていない。下着がじっとり汗ばんで、脚には蛇に巻きつかれたような感触があり、背筋には冷たい汗がたらたら流れていた。そんな肌ざわりだけが、くっきりした記憶になっている。もとはと言えば、五人いるのだからバスルームを五つ借り上げて、さっぱり水浴びでもしたい、とデイジーが言いだしたことにある。この発想が転じて、「ミントジュレップを飲めるところ」という、いくらか無理のない形をとった。それでも酒には違いないので、「とんでもない話だ」などと言いながら、困った顔の従業員を相手に五人が口々に騒ぎ立て、洒落っ気たっぷりに遊んでいた――というか遊んでいることにしていた。

広い部屋だが、空気は暑苦しい。午後四時をまわったというのに、窓を開け放ってもセントラルパークの草いきれが吹き込んでくるだけだった。デイジーは鏡の前に立って、こちらには背中を向け、髪を直していた。

「すごいスイートですわねえ」ジョーダンが嘆息するように言ったので、笑いが起きた。

「もっと窓を開けてよ」デイジーは振り返りもしない。

「全部開いてる」

「じゃあ、電話して斧《おの》でも注文するとか——」

「暑さは忘れるにかぎる」トムがいらだった。「ごちゃごちゃ言ってると、十倍も暑くなりそうだ」

タオルにくるんできたウィスキーのボトルを出して、テーブルに置く。

「奥さんに厳しすぎやしませんか?」と、ギャッツビーから意見が出た。「もともと町へ出ようと言ったのはご自身だ」

音のしない瞬間ができた。紐で釘にかかっていた電話帳が、ぱたりと落ちた。それでジョーダンが「ごめん遊ばせ」と口にしたが、今度は誰も笑わなかった。

「拾うよ」と、私は言った。

「いやいや、ここは私《わたくし》が」ギャッツビーは切れた紐を点検し、「ふむ!」と興味ありげに言ってから、そのへんの椅子に電話帳を放った。

「ご大層に言うじゃないか」トムがぴしゃりと言った。

「何がです？」

「そういう気取った口のきき方を、どこで覚えたと言ってるんだ」

「あのね、トム」と、鏡から振り向いたデイジーが、「人のことをあれこれ言うんなら、わたし、ほかへ行かせてもらうわ。早く電話して氷を持ってこさせて。ミントジュレップつくりましょうよ」

それでトムが受話器を手にしたとたんに、圧縮されていた熱気がはじけたように鳴り響く音があった。階下の舞踏会場で、メンデルスゾーンの結婚行進曲が人の運命の和音を奏でている。

「こんな暑い日に結婚する人がいるんだわ！」ジョーダンが暗澹《あんたん》たる声を出した。

「それを言うなら——わたしだって六月半ばだった」と、デイジーは過去を振り返る。「六月のルイヴィルは暑いわよ。卒倒した人がいたわ。トム、あれって誰だっけ」

「ビロクシーだろ」と、素っ気ない返事があった。

「そういう名前の人がいたわね。四角四面のビロクシー。箱の製造が商売で——なんて、ほんとの話よ。テネシー州ビロクシーの人で、名前もビロクシー」

「その人を、うちへ運び込んだんだわ」と、ジョーダンが続きを言った。「うちは教会から二軒先だったから。そうしたら、そのまま三週間も居着かれちゃって、さすがに父が出て行かせたんだわ。追い出した翌日に、父は死んじゃった」ここで一瞬の間をおいて、いささか言いすぎたと思ったのか、「べつに関係ないんだけどね」

「そう言えばメンフィスに、ビル・ビロクシーというやつがいた」と、私も言った。

「あ、それって親戚のはずよ。さんざん家系の話を聞かされたから覚えてる。アルミ製のパターをもらったりもしたわ。まだ使ってる」

結婚式が始まったようで音楽は静まったが、今度は長く引いた歓声が窓から流れ込んできた。それから「よう、よぉ」という声が何度か上がり、いよいよダンスの時間になって、わっとジャズが鳴りだした。

「もう年だわね」と、デイジーが言った。「もっと若ければ、さっさと立って踊るところだわ」

「ねえ、そのビロクシーなんだけど」ジョーダンがデイジーの気を引く。「トムはどうして知り合ったのかしら」

「ビロクシーと?」トムは記憶をたぐり寄せて、「俺の知り合いじゃなかった。デイジー側の人間だろ」

「違うわよ」デイジーはきっぱりと言う。「全然知らなかった。だって、あなたの貸し切り列車に乗ってきた人でしょう」

「いや、デイジーの知り合いで、ルイヴィルの育ちだと言ったぞ。エイサ・バードが直前になって連れてきて、まだ乗せられるかと言ったんだ」

ジョーダンがにやりと笑った。

「うまいこと無賃乗車で帰省したじゃないの。イエールの同期生では総代だったっていうけど」

トムと私はきょとんとした顔を見合わせた。

「ビロクシーが?」

「総代なんてものはなかったぞ」

ここでギャッツビーの足がこつこつとフロアに鳴って、トムがじろりと目を向けた。

「それはそうと、ギャッツビーさん、たしかオックスフォードのご出身でしたな」

「出身とまで言えるかどうか」

「おや、そのように聞いてますよ」

「まあ——行っています」

はたと沈黙。それからトムが、うさんくさいと言いたげな声色で——

「つまりビロクシーがイエールへ行ったと称するようなものか」

ふたたび沈黙。ちょうどウェーターがノックをして、ミントの葉と砕いた氷を運び入れ、サンキューと言ってから、そっとドアを閉めて出て行ったのだが、この場の静けさを破ったというほどではない。ついに大きな疑問点が解消されようとしているのだ。

「行ったと申し上げた」と、ギャッツビーは言った。

「そうなんだが、いつ行ったのか伺いたいものだ」

「一九一九年でした。たったの五カ月なのですよ。だからオックスフォードの出身とまでは言いにくいのです」

トムは周囲に目を走らせた。ほかの者の顔にも疑念が浮いていないかと思ったのだろう。だが、みんなギャッツビーだけを見ていた。

「大戦が終結してから、将校は便宜を図ってもらえたのです」と、ギャッツビーは話を継いだ。「イギリスやフランスの希望する大学へ行けました」

私としては、立っていって、ぱん、と背中をたたいてやりたい気分だった。やっぱりギャッツビーだ、ご名答ではないかと思って、この男を見直していた。

デイジーが立ち上がった。わずかに笑みを浮かべて、テーブルへ行く。

「じゃあ、ウィスキーを開けてよ、トム。そしたらミントジュレップに仕上げてあげるから。それ飲んで、いくらかまともになって……ほら、見て、この葉っぱ！」

「ちょっと待て」トムがぴしゃりと言った。「ギャッツビーさんに、もう一つ尋ねたい」

「どうぞ」ギャッツビーは静かに受けた。

「ひとの家に、どういう争いを引き起こすつもりなんだ」

ついに公然と対決におよんだわけだが、ギャッツビーとしてはこれでよかったのだろう。

「そんなことしてないわよ」デイジーは必死の面持ちで二人の男にかわるがわる目をやった。「あなたが争ってるんじゃないの。少しは我慢をきかせてよ」

「我慢！」トムは耳を疑うように、この言葉を繰り返した。「どこの馬の骨かわからんやつが女房に言い寄るのを、じっと我慢して見てるのが、いまの流行《はや》りなのか。そういうことなら、俺は古い人間なんだと思ってくれ。……どうも近頃は、家庭というものにひねくれた見方をしておいて、何でも打っちゃって捨てるかと思えば、白人と黒人が結婚したりもする」

こんな自説をまくし立て、すっかりのぼせ上がったトムは、いまや一人になって文明の孤塁を守るがごとき自画像を描いていた。

「ここには白人しかいないけど」ジョーダンが小さく言った。

「そりゃあ、俺は人に好かれてやしないさ。派手なパーティをするわけじゃないからな。いまの世の中、うっかり人を集めたら、豚小屋も同然になってしまう」

はたで聞いていても腹が立つのだが、トムがものを言うたびに笑いたくなることも確かだった。愛人のいる男が家庭道徳を説くのだから、たいした変身ぶりである。

「ひとつ言わせていただきましょうかな」と、ギャッツビーが切り出した。その意図をデイジーは見抜いたようだ。

「言っちゃだめ！」もう弱り果てている。「帰りましょうよ。そのほうがいいわ」

「そのようだ」と、私も立った。「そうしよう、トム。いま飲みたい人はいないだろう」

「いや、言いたいことと やらを言ってもらおうじゃないか」

「奥さんは、あなたを愛したことなどない。この私を愛している」

「何を馬鹿な！」トムは思わず口走った。

ギャッツビーは高ぶった精神もあらわに、すっくと立った。

「あなたを愛してはいなかった。そういうことだ」と、声を大きくする。「だが私に金がなくて、待ちきれなくなったから、あなたの妻になった。とんでもない間違いだったと言えるが、心の中にいたのは私だけだ！」

こうなると私もジョーダンも座をはずしかけたのだが、トムとギャッツビーは競うように毅然とした態度をとって、出て行くまでもないと断じた。どちらも恥じる謂《いわ》れはなく、さらけだす胸の内をとくと聞いていってくれと言わんばかりなのだった。

「坐ってくれ、デイジー」トムは保護者めいた声音をさぐったが、あまり上手ではなかった。「いままでどうなってたんだ？　そっくり聞かせてもらいたい」

「私から言ったじゃありませんか」と、ギャッツビーが言った。「いままで五年間――あなたが知らなかっただけだ」

トムはデイジーに鋭い目を向ける。

「五年間、こいつと付き合ってたのか？」

「それは違う」と、ギャッツビーは言う。「会えるはずがない。だが、ずっと愛し合っていた。そういうことですよ。あなたが知らなかっただけだ。笑いたくなることもありましたよ」と言いながら、その目に笑いはない。「あなたが知らないんだと思いますとね――」

「なんだ――それだけのことか」トムは、よく聖職者がするように、太い指先を左右から何度か打ち合わせて、椅子の背にもたれた。

「馬鹿な話だ！」と、憤激する。「俺は五年前にはデイジーを知らなかったんだから、事情を知ってるはずがない。それからのことだって、裏口から食料の配達でもやって近づこうとしたのかどうか、そんなことまでは知らないが、あとは嘘っぱちもいいとこだろう。デイジーは俺を愛して結婚したんだし、いまでも愛してるさ」

「いいや」ギャッツビーは首を振った。

「ところが、そうなんだよ。たまに突拍子もないことを考えて、おかしなことをしでかすとしてもな」トムは賢《さか》しげにうなずいた。「それにまあ、俺だってデイジーを愛している。たしかに羽目をはずすことはあって、くだらない遊びもするんだが、かならず帰ってくるさ。いつだって心の中ではデイジーを愛している」

「何なのよ、腹が立つ」と、デイジーは言った。私のほうへ顔を向け、次に発した声は一オクターブも低くなり、はらはらさせるような嘲弄の気分を発散していた。「どうしてシカゴを出てきたか知ってる？　どれだけ羽目をはずしたことか、すごい話があったのよ。まだご存じないとしたら不思議だわ」

ギャッツビーが歩み寄って、デイジーとならんだ。

「いや、そういうことは終わったんだよ」と、真剣に話しかけている。「もういいじゃないか。はっきり言ってやってくれ。愛していなかったと言うんだ。それで一切なかったことになる」

デイジーは何も見えていないような目をギャッツビーに向けた。「そんな――愛せるなんて、はずがないのに――」

「だから愛した過去はないんだ」

デイジーは迷った。ジョーダンと私に訴えるような目を投げる。ようやく自分の行動に気がついたのではなかったか。ずっと昔から、自分の意志を働かすことがあったのかどうか。だが結果だけは出てしまった。もう遅い。

「愛したことはなかった」これが苦しい発言であることはわかる。

「カピオラニ公園でもそうだったのか?」トムはいきなりハワイ旅行の話を持ち出した。

「そう」

下の舞踏場から、くぐもった和音が、熱波のような空気に乗ってせり上がる。聞いていると息が詰まりそうだ。

「パンチボウルの丘を下りたときもか? 靴が濡れないように、抱きかかえて歩いてやったじゃないか」トムはかすれた声にやさしさをにじませる。「……なあ、デイジー」

「言わないで」冷ややかな声だが、さっきほど尖ってはいない。ギャッツビーの顔を見て、「ねえ、ジェイ――」と言いかけたのだが、シガレットに火をつけようとする手がふるえた。それでもうシガレットと燃えているマッチを、カーペットに振り捨ててしまう。

「もう、欲張りなんだから!」と、今度はギャッツビーに向けて声を大きくした。「いまのわたしは、あなたを愛してる。それだけじゃだめなの? いまさら過去は変えられないのよ」これだけ言うと、泣きだすしかなかった。「あの人を愛したこともあるの——だけど、あなたも好きだった」

　ギャッツビーは大きく目を開けて、閉じた。

「あなたも」

「それだって嘘だ」トムは容赦しなかった。「あんたが生きてるかどうかも知らなかったさ。まあ、言っとくが、俺とデイジーにはいろんなことがあった。あんたにはわからない。俺たちには大事な思い出だ」

　ギャッツビーにはぎりぎり刺すような言葉だった。

「デイジーと二人で話をさせてもらいたい」ギャッツビーは粘った。「いまは気持ちが高ぶっているようだから——」

「そんなことしたって、トムを愛さなかったとは言えないわよ」と、デイジーは悲痛な声を絞らざるを得ない。「そこまで言ったら嘘になるもの」

「あたりまえだ」これはトムにも異存はない。

　だが、デイジーは、この夫に向き直って、

「どうだって構わないくせに」

「何を言うか。これからはもっと大事にしてやる」

「わかってないですな」ギャッツビーに焦りの色が見えた。「そういう立場ではなくなったのだろうに」

「なくなった？」トムは目をむいて笑いだした。だいぶ余裕を取り戻している。「何でそうなるんだ？」

「デイジーは、きみと別れるのだから」

「ばか言え」

「でも、そうなの」デイジーが苦しそうに言う。

「そんなことはない！」ギャッツビーにのしかかるような言葉だった。「よりによって、こんなやつのために俺と別れるわけがないじゃないか。くだらんペテン師で、女に贈る指輪だって、どうせ盗品だろうよ」

「いいかげんにして！」デイジーが声を上げた。「もう、ここは出ましょ、ね」

「だいたい何様のつもりだ！」ついにトムが爆発した。「マイヤー・ウルフシャイムの取り巻きというにすぎんのだろう。そのくらいの見当はついてる。少々、身辺を洗わせてもらったからな。あすにでも、また調査を進めてやる」

「どうぞ、お好きなようになさればよい」ギャッツビーは動じない。

「ドラッグストアとやらの実体もわかってるぞ」トムはほかの者に向けて早口でしゃべった。「ニューヨークでもシカゴでも、ウルフシャイムとぐるになって横丁のドラッグストアを次々に買収したんだ。医薬品と称してアルコールを売るためにな。そういう手口を使うやつだ。一目見たときから酒の密造でもしてるんだろうと思ったが、当たらずといえども遠からずだ」

「それがどうかしましたか？」と、ギャッツビーは応じた。「お友だちのウォルター・チェイスだって、ちゃんと加担してくれましたよ」

「仲間にしてから見捨てたんだろう。あいつだけニュージャージーで一カ月は塀の中だった。ウォルターがどう思ってるのか、やつの言い分も聞いてやるといい」

「いやあ、すっからかんでお困りでしたから、いくらか儲かって大喜びだったのですよ」

「そういう気障《きざ》な口をきくなと言ってるんだ！」トムは声を荒らげ、ギャッツビーは答えなかった。「ウォルターの出方次第では賭博罪で挙げられたっておかしくないんだ。ウルフシャイムが口止めの脅しをかけたんだったな」

ギャッツビーの顔に、ある表情が戻っていた。あまり見たことはないが、たしかに見覚えのある顔だ。

トムの話は終わらなかった。「ドラッグストアなんてのは、まだまだ小さな稼ぎだったんだろうさ。いまは何やら大それたことを企んでるらしいが、そっちはウォルターがこわがって話そうとしない」

私はデイジーを見やった。おびえた目を見開いて、ギャッツビーと夫を見くらべている。その目はジョーダンへも行ったようだが、ジョーダンは何やら顎の先に乗せてバランスをとるかのように上を向いていた。私はギャッツビーに視線を戻して、そこに驚くべき表情を見ることになった。このときのギャッツビーは――いや、私はパーティでの口さがない噂などは、まったく取るに足らないと思っているのだが、それにしても――「人を殺した」ような男の顔になっていた。ほんの一瞬とはいえ、そういう作り話めいた形容が現実味を帯びる面構えに見えたのだ。

この表情が消えたと思うと、ギャッツビーは全面否定の熱弁をふるい、まだ言われてもいないことにまで予防線を張って、デイジーに悪く思われまいとした。だが、何を言っても逆効果で、デイジーは自分の中に閉じこもってしまう。こうなると生命を失った夢だけが、空しく過ぎる午後の時間にあって、手の届かなくなったものになお届こうとしながら、いまだ未練を断ち切れないように、遠のいた声の方角へもがいていた。

その声がまた、ここを出たいと言っている。

「ね、トム、お願いだから、もうやめて」

おびえた目になっている。デイジーにどれだけ意志の強さがあったにせよ、もはや崩れ去ったとしか言えない。

「じゃあ、二人で先発するがいい」トムは言った。「ギャッツビーさんの車に乗っていけ」

デイジーはぎくりとしてトムを見たが、トムは余裕を見せつけるだけだった。

「いいから行け。もう困らされることはないだろう。ちょっかいを出しても始まらないことは、おわかりのはずだ」

というわけで二人が消えた。ものも言わずに、さりげなく、いなくなっても惜しまれない幽霊のように、ふっと消えたのだった。

それからトムはおもむろに立ち上がって、結局開けなかったウィスキーのボトルに、タオルを巻こうとした。

「飲むかい？　ジョーダン……ニックは？」

私はぼんやりしていた。

「おい、ニック」

「え？」

「飲むか？」

「あ、いや……ちょっと考えることがあったんだ。きょうは僕の誕生日だった」

三十歳になった。新しい区切りの十年が、重苦しい運命の道として、目の前に伸びている。

七時。トムのクーペに乗ってロングアイランドへ向かった。トムは戦勝気分と見えて、上機嫌にしゃべり続けたのだが、その声はジョーダンにも私にも遠いものとしか聞こえなかった。通りすぎる街路のざわめき、上を行く高架鉄道の騒音と同じように、まったく疎遠なのだった。人間が他者に共感してやれる能力には限度がある。さっき聞かされた悲しい議論など、いま出ようとする都会の灯に溶け込ませておけばよい。三十歳――わびしい十年の入口なのだろう。つきあえる独身男の数が減り、手持ちの情熱が減って、髪も減る。だが私の隣にはジョーダンがいた。このジョーダンは、せっかく忘れた夢を次の時代に引きずらないように割りきっていられる。その点でデイジーとは違う。暗い橋を渡っていると、ジョーダンの青白い顔が私の上着の肩にずるりと寄りかかってきた。その手を添えられた安心感もあって、ついに三十路《みそじ》にさしかかったという衝撃さえ薄らいでいった。

というわけで、だんだん涼しくなる宵闇の中を、死の方角へ走っていたのだった。

ミカエリスという若いギリシャ人が「灰の谷」付近で軽食の店をやっている。この男が重要な証言をもたらすことになった。暑い日に昼寝して、やっと五時過ぎに起き出してから、修理屋へ行ってみると、ジョージ・ウィルソンは具合が悪そうにしていた。だいぶ悪いらしい。色の薄い髪の毛と同じような顔色になって、ぶるぶる震えていた。早く寝たほうがよいと言ってやったのだが、ウィルソンはいやがった。そんなことをしたら商売にならないというのだ。それでも隣人として意見をしていたら、二階でとんでもない物音がした。

「じつは女房を押し込めてるんだ」ウィルソンは平気で言ってのけた。「あさってまでは降ろさないつもりだ。それでもう、ここは引き払う」

ミカエリスはびっくりした。いままで四年の近所付き合いをしてきたが、こんなことが言える男だとは到底思えなかった。くたびれた冴えない男のはずで、ふだんは仕事の手があくと、戸口で椅子に坐って、通りかかる人や車をながめている。人に話しかけられれば、あたりさわりのない愛想笑いを返すだけだ。女房に頭が上がらず、自分というものがない。

どういうことなのか、ミカエリスが不審に思ったのも無理はないが、ウィルソンはすっかり口を閉ざしてしまって、ちらちらと相手をさぐるような目を飛ばし、これこれの日のこれこれの時刻にはどんなことをしてきたかと逆に聞いたりもする。ミカエリスの腰が引けてきたところへ、ちょうど食堂の客になりそうな作業員が通っていったのを幸いに、あとでまた来ることにして、とりあえず店へ戻った。しかし、つい取り紛れてしまって、ふたたび店の外へ出たのが七時すぎ。たまたまウィルソンの女房の声が聞こえたので、さっきの話を思い出した。いきり立ったような激しい声が、修理屋の一階から聞こえたのだった。

「打《ぶ》ちゃいいじゃないか！」と、泣きわめく。「ぶっ飛ばしゃいいだろ。やれるもんなら、やってみやがれ！」

まもなく薄闇の中へウィルソンの女房が駆け出した。大きく手を振って、何やら叫んでいる。ミカエリスが戸口の前から動くより先に、事態はどうしようもなくなっていた。

新聞が「死の自動車」と書いた車は、まったく止まらなかった。濃さを増す宵闇から走り出て、悲劇の瞬間だけ揺らいだかに見えたが、すぐに次のカーブを曲がって消えていた。ミカエリスには車体の色さえ定かではなかった。やって来た警官にはライトグリーンと言った。またニューヨーク方面へ行こうとした対向車があり、数十メートルほど行きすぎてから停車して、運転していた男が急いで降りてきた。現場では、無残に生命を絶たれたマートル・ウィルソンが、路面に膝をついたような格好になり、どす黒い血を土埃に流していた。

ともかくもミカエリスと対向車の男が近寄って、まだ汗の乾かない被害者のブラウスを引き裂いたのだが、乳房がゆらゆら落ちそうな左胸からは、もはや鼓動を聞いてみるまでもないことが知れた。その顔は、ぱかっと口が開いていて、口元が切れている。長いこと溜め込んでいた旺盛きわまりない生命力を吐き出して、息苦しくなったのかもしれない。

後続の私たちからは、いくらかの距離を置いて、三、四台の車と人だかりが見えた。

「事故だな」と、トムが言った。「結構じゃないか。修理屋が稼ぎにありつくだろう」

やや速度は落としたものの止まるつもりまではなかったトムが、ついブレーキをかけていた。修理屋の前に集まった人が、やけに押し黙って真剣な顔になっている。

「見てみるか」トムも冗談ばかりではなくなった。「ちょっと見るだけ」

すでに私にも慟哭めいた物音が聞こえていた。修理屋の店内から途切れることなく洩れている。クーペを降りて近づいていくと、その音が「何てこった！」という言葉になっているのがわかった。あえぐような嘆きとして何度も絞り出されている。

「こりゃ、只事じゃないな」トムも落ち着いていられなくなった。

背伸びをして、人の輪の頭越しに修理屋をのぞこうとする。裸電球が一つ、編んだ針金に吊るされていた。それだけの光しかない。トムは喉声でうなってから、腕力にものを言わせて人をかき分け、戸口を押し通った。

いったん人の輪が破れ、ざわざわと文句を言う声があって、また輪が閉じた。だが、あとから来る人もいる。うしろから押された勢いで、ジョーダンと私も中へ入り込んでいた。

マートル・ウィルソンの遺体は毛布に包まれ、この暑い夜に寒気でもするかのように、さらに一枚の毛布に包まれて、壁際の作業台に寝かせられていた。こちらへ背を向けたトムが、身じろぎもせず遺体にかがみ込んでいる。その横にオートバイで来た警官が立って、汗まみれで、何度も訂正の書き込みをしながら、いくつかの名前を手帳にメモしていた。がらんとした修理屋に、ひいひい呻《うめ》くような話し声が反響する。すぐには声の正体がわからなかったのだが、事務所との境目にウィルソンが立っているのだとわかった。左右のドア枠に手をかけて、ゆらゆら前後に揺れている。これに低い声で話しかけている男がいて、ときどきウィルソンの肩に手を置こうとするのだが、ウィルソンには何ら聞こえても見えてもいないようだった。下がっている電球に向いていた目が、壁際の重たい作業台へそろそろと落ちていったかと思うと、いきなり電球へ跳ね上がったりもする。上ずった奇声がひっきりなしに放たれていた。

「何てこった何てこった！」

そのうちにトムが急に顔を上げ、ガラス玉のような目で修理屋の店内を見まわすと、むにゃむにゃした言葉を警官に向けて発した。

「マヴ——」と、警官が言っている。「——オ——」

「いえ、ロ——」男が訂正を入れた。「マヴロ——」

「こっちの話を聞け！」トムは吐き捨てるように言う。

「ロ——だな」

「それから、グ」

「グ——」ここで警官が目を上げた。トムの大きな手が、どんと肩に置かれたのだ。

「え、何か用か？」

「どういうことだ。何だっていうんだ」

「車に撥《は》ねられたんだよ。即死」

「即死って——」トムは目を見開いた。

「飛び出しなんだが、運転手もひき逃げしやがった」

「二台いたんです」と、ミカエリスが言った。「あっちから来たのと、あっちへ行くのと」

「あっちって、どっち？」警官が問いただす。

「どっちも行くほうへ行ったんだけど、あの——」毛布の包みへ手を向けそうになって、すとんと落とした。「――あの人が飛び出して、ニューヨークから来たほうのがぶつかって。五、六十キロ出てたかも」

「ここいらは何てんだ？」警官が言った。

「とくに地名はないです」

色が薄く身なりのよい黒人が進み出た。

「黄色い車でしたよ。大きくてね、新車でしょう」

「事故を見たのか？」

「いいえ、この先で、走ってく車を見たんです。六十キロどころじゃないな。八十や九十は出てた」

「じゃあ、こっちで名前を聞かせてくれ。――ちょっと、いいか、名前を聞いとかないと」

このやり取りは、事務所の入口で揺れていたウィルソンにも、いくらか聞こえていたのだろう。あえぐような奇声に、いままでとは違った趣が出た。

「どんな車かわかってるぞ。そんなこたあ言われなくてもわかる！」

このときトムの背筋が引き締まるのが、上着を通しても見えた。すたすたとウィルソンに歩み寄り、真正面から向き合って、上腕をつかまえる。

「おい、しっかりしろ」ぶっきらぼうな言い方に、かえって落ち着かせる効果がある。

ウィルソンの目がふわりとトムを見た。いきなり伸び上がってから、膝をついて崩れそうになったウィルソンを、あやうくトムが支え上げている。

「あのな」と、いくらかウィルソンを揺すって、「俺たちは、たったいまニューヨークから戻った。売ってやるはずのクーペを、こっちへ転がしてこようと思ってな。昼すぎに乗っていた黄色いのは、俺の車じゃないんだ。いいか? 午後からは見てもいないんだぞ」

こんなことを耳にする位置にいたのは黒人と私だけだったのだが、警官も声音に何やら聞きつけたらしく、鋭い眼光を飛ばしてきた。

「そっちで何やってる?」

「この男とは知り合いでしてね」トムは顔だけは警官に向けたが、ウィルソンを押さえる手は離さなかった。「ひいた車を知ってると言うんですよ……黄色い車だったとか」

捜査の勘というべきか、警官は不審な面持ちを見せた。

「で、あんたの車は?」

「青ですよ。青のクーペ」

「いまニューヨークから来たばかりで」と、私も言った。

これについては後続車の運転手から裏付けが取れて、警官は名前の聴取に戻った。

「で、ちゃんと聞いておきたいが――」

トムは人形でも持ち上げるようにウィルソンを事務所の奥へ連れ込み、椅子に坐らせると自分だけ出てきて、

「こいつと坐っててくれる人はいないかな」と、高飛車に出た。そのへんにいた男が二人、つい顔を見合わせて、仕方なく事務所へ入っていく。そこまで見届けたトムは、事務所のドアを閉めてしまって、段差のある店先へ降りた。あの作業台には目を合わせず、私の横をすり抜けるように歩いて、「もう行こう」と言ったのだった。

トムが強引な腕力で人をかき分ける。いささか周囲の目を気にしながら、一向に減ろうとしない群衆を抜けた。カバンを手にあたふたと駆けつけた医者がいた。三十分ほど前に、ともかく呼ぶだけは呼ぶということで知らせが行ったのだ。

トムはゆっくりと車を走らせたが、カーブを曲がってからは思いきりアクセルを踏

んで、クーペが夜の闇を突っ走った。ほどなく嗚咽が洩れた。トムの顔に涙が流れていたのだろう。

「卑怯なやつだ!」と、泣き声がまじる。「あっさりひき逃げしやがった」

ざわめく暗い木々の向こうから、ゆらりとブキャナン邸が現れた。トムは玄関ポーチに車を寄せて、二階の窓を見上げる。蔦《つた》の這う二つの窓が光の花を咲かせていた。

「デイジーは帰ってるようだな」車を降りながら、トムは私に目を走らせ、いくぶん苦い顔をした。

「ニックはウェストエッグで降ろしてやればよかったな。今夜はもう、ここにいても仕方なかろう」

さっきまでのトムではなかった。しゃべり方が重々しくなって、迷いがない。月明かりの砂利を踏んで玄関に近づきながら、トムはてきぱきと事態の処理をした。

「タクシーを呼んで、家まで送らせよう。待ってる間に、ジョーダンとキッチンへ行って、軽く夕食でもつくらせるといい。食べる気があったら、そうしてくれ」と言うと、トムは玄関のドアを開けた。「さ、どうぞ」

「せっかくだが、タクシーの手配だけ頼むよ。外で待たせてもらう」

するとジョーダンが私の腕に手をかけた。

「行きましょうよ、ニック」

「いや、やめとこう」

私は少々気分が悪くなって、一人になりたいと思っていた。だがジョーダンはあきらめが悪かった。

「だって、まだ九時半じゃないの」

誰が行くものかと思った。こんな付き合いを一日したあとでは、もう結構だと言いたかった。ジョーダンさえも例外ではなくなった。これが顔に出てしまったのだろう。ジョーダンはぷいっと向きを変えて、ポーチの階段を駆け上がり、邸内へ行った。私はしばらく頭を抱えて坐っていたが、電話をかけようとする気配があって、執事の声がタクシーを呼んでいた。私は門まで出て待つことにして、ゆっくりと玄関を離れていった。

二十メートルとは歩かないうちに、名前を呼ばれたように思ったら、ギャッツビーが植え込みを抜けて姿を現した。このときは私もおかしな心境になっていたらしい。

月の光にピンクのスーツが輝いている、としか思わなかった。

「こんなところで、何を？」

「いや、なんとなくぶらぶらと」

それにしても、あまりに怪しい行動ではないか。いまからブキャナン邸を襲うのであってもおかしくない。暗い庭木の陰に「ウルフシャイム一味」の凶悪な顔ぶれがそろっていると錯覚しそうだった。

しばらく黙っていてからギャッツビーは、「帰り道で、へんなことはありませんでしたか？」と言った。

「ありましたよ」

それで言葉に迷ったようだが、

「――死んだ？」

「ええ」

「やっぱり。ま、デイジーにも、そうだろうと言っておきました。衝撃なんてものは、来るとしたら一度に来てしまえばよい。あの人も気丈でいてくれたが」

こんな言い方からすれば、デイジーの様子だけが大問題であるようだ。

「あれから脇道を抜けてウェストエッグまで行ったのです。車は、うちのガレージへ入れました。人に見られてはいないはずですが、こればかりは何とも言えません」

このときの私はギャッツビーという男がいやになっていたので、そういう考えはおかしいと言ってやる気にもならなかった。

「あの女は誰です？」

「ウィルソンといって、修理屋の女房ですよ。しかし何でまた、あんなことに？」

「そう、私もハンドルに手を出したんだが――」と言葉が途切れたので、もう私にも見当がついた。

「デイジーが運転していた？」

「そう」という答えが、一瞬の間をおいて返った。「もちろん私だったと言うつもりです。ニューヨークから帰ろうとして、あの人は神経がまいっていた。運転すれば気が紛れると思ったんでしょう。そうしたら対向車とすれ違う間際に、女が飛び出してきた。あっという間の出来事でしたが、何か言いたいことがあって飛び出したように思います。知ってる誰かと間違えたんじゃないでしょうか。とっさにデイジーは対向車のほうへハンドルを切りました。それから焦ってしまって逆方向に戻した。私がハンドルをつかんだ瞬間、ぶつかった衝撃がありました。あれでは即死だったでしょうな」

「ざっくり抉《えぐ》られてました——」

「いや、これはどうも」ギャッツビーはぎくりとしたようだが、「ま、ともかく——デイジーはアクセルを踏んでしまった。私はどうにか止まらせようとしたんだが、止まれなくなったらしいので、私がサイドブレーキをかけた。そうしたらデイジーが私の膝へ倒れ込んできて、あとは運転を代わってやったのです」

ややあってギャッツビーの話は続いた。「あすには元気になるでしょう。私はここで立ち番しています。いやなことがあったあとで責められるようではいけません。部屋に閉じこもったはずですが、もし乱暴な真似でもされたら、いったん明かりを消してつけ直すことになってるんですよ」

「トムは手を出さないでしょう」と、私は言った。「いまはデイジーのことなんて考えてないから」

「いやいや、油断のならん男です」

「いつまで待つんです？」

「何なら夜通しでも。せめて寝静まるまで」

私の脳裏に、いままで思いつかなかったことが浮かんだ。運転していたのはデイジーだとトムが知ったらどうだろう。ただの偶然だとは思わないのではないか。何を考えるかわからない男だ。私は屋敷へ目を向けた。一階には明るい窓が二つ、三つ。二階にはデイジーの部屋にピンク色の灯がともっている。

「ここで待っててください」と、私は言った。「揉《も》めてないかどうか見てくる」

芝生の端を歩いて、砂利道を静かに踏み、階段に足音を忍ばせてポーチへ上がった。客間のカーテンが開いている。この部屋には誰もいないようだ。ポーチを抜けていく。六月の夜、つまり三カ月前には、ここで食事をしたのだった。小さい長方形の光があったので、ここはキッチンの脇の支度部屋だろうと思った。ブラインドは閉まっているが、下の窓枠まで降りきってはいない。

デイジーとトムが、キッチンのテーブルに向き合って坐っていた。冷めたフライドチキンの皿と、二本のエールが出ている。トムが何やら熱心に言い聞かせているようで、デイジーと手を重ねて、そのまま押さえているのだった。どうかするとデイジーが目を上げ、納得したようにうなずく。

楽しい語らいではなかろう。チキンもエールも手つかずだ。といって苦しいとも見えない。おのずと慣れ親しんだ雰囲気があって、腹の中で考えることは同じだということが見えている。

こっそり引き返してポーチを離れたところで、まるで暗い道を手さぐりで来るようなタクシーの音がした。ギャッツビーはさっきと同じ位置で待っていた。

「あっちは静かでしたか？」と、心配そうに聞く。

「ええ、静かなものです」私は言葉に困った。「そろそろ引き上げて寝たらどうです」

ギャッツビーは首を振った。

「デイジーが寝る時間までは、ここにいますよ。では、今夜はこれにて」

両手を上着のポケットに突っ込んで、また屋敷に向かい、じっと見つめる態勢に入った。この神聖なる徹夜の儀式に、私などがいたら邪魔になるということか。もう私は立ち去ることにした。ギャッツビーは月夜に立ちつくし、見張りにもならない見張りをしていた。

第八章

眠れぬ夜になった。海峡の霧笛がひっきりなしに鳴って、私は奇怪な現実と残忍な夢の狭間で輾転《てんてん》するうちに、半ば船酔いしたようになっていた。夜明け前、ギャッツビー邸に着くタクシーの音が聞こえた。私は飛び起きて着替えをした。あの男に言っておくことがある。あらかじめ知らせるべきことであって、朝になってからでは遅いのだ。

芝生の庭を歩いていくと、まだ正面のドアが開いていた。ギャッツビーは玄関ホールのテーブルにもたれかかっている。失意のせいか眠気のせいか、身体が重くなっていたようだ。

「何もなし、ですよ」と、さすがに浮かない声を出す。「ずっと待っていたら、四時に姿が見えました。しばし窓辺に立ってから明かりを消した」

　それからシガレットを求めて大きな間取りの屋敷内を探索したのだが、あらためて何という大邸宅であることかと恐れ入った。大きなテントのようなカーテンを動かして、黒々と広がる壁に電灯のスイッチをさぐった。のっそり立っていたピアノにぶつかり、だだんと鍵盤を鳴らしてしまったりもした。あちこちに不思議なくらいの埃が積もっていた。また、どの部屋もかび臭いのはなぜだろう。ずっと前から閉め切っていたような空気である。見覚えのないテーブルに保湿容器があって、そのわりに干涸《ひから》びてしまったシガレットが二本入っていた。客間のフランス窓を開け放って、二人で腰をおろし、暗闇に煙をくゆらせる。

「行方をくらましたらどうかな」と、私は言った。「たぶん車は割り出される」

「すぐに消えろ、と？」

「一週間くらいアトランティック・シティとか、あるいはモントリオールまで行ってしまうとか」

　だがギャッツビーは考えようとしない。これからデイジーがどうするのかわからないままに放っておけないのだった。まだ一縷《いちる》の望みにしがみついているらしく、はたから無理に思いとどまらせるのも忍びなかった。

ギャッツビーの昔話を聞かせてもらったのは、この未明のことだ。ダン・コディとの出会いがあった若き日の奇談である。すでに終わったから語る気になったのでもあろう。「ジェイ・ギャッツビー」という存在は、トムの強固な悪の精神にぶつかって、ガラスのように砕けていた。長かった秘密だらけの大芝居も、ついに幕を下ろすことになったのだ。おそらく、いまさら包み隠すものはないという心境だったと思うのだが、やはりデイジーのことを語りたがっていた。

デイジーは、この男が出会った女としては初めての「お嬢さん」なのだった。それまでに何度も、自身の素性は明かさないままに上流子弟と接触する機会はあったのだが、いつも目には見えない有刺鉄線で隔てられているように思った。デイジーに対しては胸がときめいて仕方なく、初めはテイラー駐屯地の将校仲間と出かけていったデイジーの家に、一人でも行くようになった。とにかく驚いた。あれほどの美邸は見たことがなかった。しかし何よりも、ここにデイジーが住んでいるということが、息詰まるほどの緊張感をもたらした。デイジーにとっては、あたりまえの家である。駐屯地の軍人がテントになじんでいるのと同じことだ。

この家が神秘の館に思われた。二階のどこかに特別仕立ての寝室があるような、廊下のあちこちで華々しい出来事があるような、新しいロマンスが息づいているような気がするのだった。きれいに保存される古い恋ではなく、今年の新車が輝いていたり、ダンス会場の花の勢いが衰えなかったりという、あざやかに匂い立つ恋である。

デイジーを愛した男が過去にもいたということは、かえって心を高ぶらせた。それだけ女としての価値があるということだ。この家に来ていたのだろう男たちの影が、まだ消えていないようにも思った。いまなお恋心の余波が、余韻が、空気を賑わしているようだ。

しかし、こうしてデイジーの家に来ているのが、とんでもない偶然の結果であることはわかっていた。ジェイ・ギャッツビーとしての将来がどれだけ華麗になるにせよ、この時点では財産も経歴もない一人の若者にすぎなかった。軍服という形で身にまとっているものは、いつ何時、肩をずり落ちるかわからない。だから時間を無駄にできなかった。手に入れられるものは、遠慮なく欲張って手に入れた。そして、ある静かな十月の夜、デイジーをも手に入れた。本来ならデイジーの手に触れることさえできなかった身の上だ。

虚偽の装いをこらして近づいたのだから、卑劣だという自意識があってもよいところだ。さすがに巨万の富があるとまでは言わなかったはずだが、安定した基盤があるようには思わせただろう。デイジーと似たような階層の、おおいに頼りになる男だと見込まれて、そのままにしておいた。もちろん現実には何の実力も持ち合わせていない。拠って立つ家門がなく、上層部の思いつきでどこへ飛ばされるかもわからない。

だが、おかしな自意識はなかった。また、思いどおりの展開だったわけでもない。おそらく、いただくものをいただけばよいという男の思惑で始めたのだろうが、意外に深くのめり込んでしまった。聖杯を追い求める騎士になったようなものだ。目標たるデイジーは普通ではなかった。それは知っていたつもりだが、良家のお嬢さんがここまで普通ではないものだとは思わなかった。デイジーは、あの裕福な家に、たっぷり豊かな暮らしの中に消えてしまって、ギャッツビーは置き去りにされた。すでに結婚は成立したという心情だけが残った。

二日後、また会いに行って、はっと息を呑み、こんなはずではないと思ったのは、ギャッツビーのほうだった。デイジー宅のベランダが、まるで星空を買ってきたように、贅沢にきらめいて見えた。ゆったりした籐椅子がきしんでデイジーが振り向く。かわいらしい精巧な唇にキスをする。風邪ぎみと見えて、いつものハスキーな声がなおさら魅力を帯びていた。このときギャッツビーは、金の力をつくづく思い知らされた。財産があれば、青春と神秘をつかまえて保存しておける。着替える衣装が多ければ颯爽としていられる。そしてデイジーは、銀のように艶《つや》めいて、あくせく働く庶民階級の上に超然としていられる。

「彼女を愛してしまったのですから、われながら驚いたの何の、なかなか口では言えませんよ。いっそ袖にされたらさっぱりすると思ったりもしましたが、そうはならなかった。彼女だって僕を愛したのですからね。えらく物知りだと思ってくれましたよ。じつは知識の範囲が違ったということですが……まあ、僕としては人生の設計が狂って、刻一刻と恋にはまり込んでいったのですよ。でも、あるとき突然、これでいいじゃないかと思いましたね。偉大なる事業をなしたとして何になるか。これからどうしたいという話を彼女に語っていられるだけで、そのほうが楽しいのではないか」

出征を翌日に控えた午後、静かにデイジーを抱いたまま、長いこと坐っていた。ひんやりした秋の日だ。暖炉に火が燃えて、デイジーの頬が熱く染まっていた。デイジーがもぞもぞ動いて、彼が腕の位置を変えることもあった。一度だけ、つややかな、とろりとした色の髪にキスをした。しばしの静寂にひたる午後になった。あすからの長い別れを前にして、しみじみとした思い出の時を授かったようなものだ。恋人としての一カ月に、これだけの親密感は得ていなかった。また彼の上着の肩に彼女の唇が黙って寄り添い、あるいは彼女の指先に、まるで眠っている人を起こすまいとするように、そうっと彼が触れるときほど、心が深々と通い合ったことはない。

戦地では抜群の功を上げた。前線へ出るまでに大尉になっていて、アルゴンヌの戦いのあとで少佐に昇進し、師団の機関銃部隊を率いた。終戦になって、なんとか帰国できるように願ったのだが、ふとした行き違いでオックスフォードへ派遣されていた。気持ちは焦る。デイジーから届く手紙には、不安に押しつぶされそうな気配が出ていた。なぜ帰ってこないのかと思っている。まわりからの圧力もあることで、ギャッツビーが現実に存在していてくれないと困る。このままで大丈夫という安心が欲しいのだった。

まだまだデイジーは若かった。住んでいる世界は人工の美にあふれていた。蘭の花が咲き乱れ、気取った社交を楽しめて、楽団が年中行事のリズムを刻み、いろいろなことがある人生を新曲の調べに乗せてくれる。「ビール・ストリート・ブルース」を奏でるサクソフォンが徹夜で絶望の歌を聞かせるかと思えば、これに合わせる金銀のダンスシューズが百人分くらいも動いて、きらめく粉を踏み散らす。薄暗いティータイムには、どこかの部屋に甘い微熱のようなざわめきが止まないものと決まっていて、見たことのない顔があちらこちらに浮遊するのを見れば、悲しく吹き鳴らされる音楽にバラの花びらが散るようだ。

こんな薄明の世界で、ふたたびデイジーが季節に連動しはじめた。いきなり一日に何人もの男との出会いを重ねるようになったのだ。とろとろ眠っている明け方のベッドの手前には、脱ぎ捨てたイブニングドレスのビーズやシフォンが、しおれかけた蘭の花といっしょくたに落ちていた。だが、この間ずっと、彼女の内部で叫んでいるものがあった。はっきり決めなくてはいけないと思ったのだ。すぐにでも人生の形を決めたかった。無理にでもかまわない。たとえば、愛の力、金の力、のっぴきならない現実の力――というような身近な強制力によって決めてしまいたかった。

それが実際の形をとったのが、春の盛りに現れたトム・ブキャナンである。堂々たる体軀にも地位にも、しっかりした存在感があった。デイジーだって悪い気はしない。

もちろん葛藤はあったろうが、また安堵もあったろう。ギャッツビーのもとに手紙が届いたのは、まだオックスフォードに滞在中のことだった。

そろそろロングアイランドの夜が明けかかっていた。ギャッツビーと私は一階の窓を残らず開けていって光を入れた。この屋敷の闇が薄らぎ、黄金色が射してくる。木の影が一本、つつっと朝露の芝生に伸びた。青みを帯びた木の葉にまぎれて、姿なき鳥の声がする。少しずつ朝の活気が出てくる。ほとんど風はない。さわやかな一日になるのだろう。

「愛してなんかいなかったはずだ」ギャッツビーは立っていた窓辺から振り向いて、問いかけるような目つきをした。「きのうの彼女はどうかしていた。そうでしょう？あの男に何だかんだ言われて、すっかり気が動転していたのですよ。おかげで僕が悪者みたいで、けちな詐欺師にされてしまった。あれでは彼女の発言をまともに受け取るわけにはいかない」

ギャッツビーは暗い表情で腰をおろした。

「そりゃまあ、愛したことだって皆無ではないかもしれませんよ。新婚のわずかな期間なら考えられなくもない。ただ、それにしたって、僕への気持ちのほうが強かったのではありませんか?」

ここまで言ってから、はっと気づいたように、ギャッツビーがさらにおかしなことを言った。

「いや、いずれにせよ、個人の問題だ」

どういう意味だろう。この一件について何やら強烈な思い込みがギャッツビーにあって、ほかの人間にはさっぱりわからないとしか言いようがない。

トムとデイジーが新婚旅行へ行っていたときに、フランスから帰ったギャッツビーは、手元に残っていた軍の俸給をはたいてルイヴィルまで行った。みじめな旅だったが、行かずにはいられない旅でもあった。一週間、この町をさまよった。十一月の夜に二人ならんで足音を響かせた道を歩き、彼女の白い車で出かけた場所を再訪した。かつてデイジーの住む家は神秘と喜びで引き立っていたけれども、この町自体がまた、たとえデイジーはいなくなっているとしても、やはり哀愁の美というべきものを色濃くたたえているのだった。

この町を去ることに心残りはあった。もっと徹底してさがせば彼女が見つかったのではないか、みすみす置いて去ることになりはしないか――。すっかり懐がさびしくなったギャッツビーは普通の客車に乗った。暑かった。風通しのよいデッキへ出て、折りたたみの椅子に坐った。駅が遠のく。よく知らない建物の裏手が流れていく。それから春の風景が開けて、わずかな時間だけ黄色い市街電車と競走になった。この電車の客ならば、あの町のどこかで、色白の魔法と言うべき彼女の顔を見たことがあるかもしれない。

線路がカーブして、太陽からは離れていった。消えゆく町に祝福を授けるように、夕日がすっぽりと落ちかかる。彼女が生まれて息をした町だ。彼はもがくように手を伸ばした。たとえ一握りでも空気をつかみたい。彼女がいたおかげで美しかった町を、少しでもつかまえておきたい。そんな手つきになっていた。だが、にじんだ目で見る風景が、あまりにも早く遠ざかる。喪失感だけがあった。みずみずしい盛りの良さを、もう永遠に失っていた。

ギャッツビー邸での朝食を終えてベランダへ出たのが九時だった。夜のうちに気候が変わったようで、空気に秋らしさが出ていた。この家で一人だけ古株になっていた庭師が、ベランダの階段下へ来た。

「そろそろプールの水抜きをさせてもらいますよ。葉っぱが落ちてからだと、パイプが詰まって面倒なんで」

「きょうは待ってくれ」と、ギャッツビーは言った。それから弁解するような顔を私に向けて、「いや、まあ、この夏ずっと使いませんでしたのでね」

私は時計を見ながら立ち上がった。

「電車の時間まで、あと十二分」

だがニューヨークへ行くのは気が進まなかった。きょう出勤してもろくな仕事はできそうにないが、それよりもギャッツビーを放っておけなかった。電車を一本、二本と逃してから、ようやく腰を上げた。

「じゃあ、あとで電話するよ」私はどうにか口にした。

「是非に」

「では正午頃」

二人でゆっくりと階段を下りる。

「たぶんデイジーからもかかってくるでしょう」と言ったギャッツビーが、私にも請け合ってほしそうな顔をした。

「まあ、たぶん」

「では——これにて」

ギャッツビーと握手をして、私は歩きだした。垣根の手前まで来てから、ふと思い出すことがあって振り返った。

「あいつら、腐りきってる」と、私は芝生に大声を発した。「あんた一人でも、あいつら全部引っくるめたのと、いい勝負だ」

こう言っておいてよかった。いまでもそう思っている。じつは最後までずっとギャッツビーには是認しかねるものを感じていたので、私から敬意を表したのは、この一回かぎりになった。すると、まず返礼にうなずいたギャッツビーが、破顔一笑、そんなことは初めからわかっていたじゃないかと言いたげな、明るい表情を見せた。これを贅沢に仕立てたスーツが、白い階段にあざやかなピンクの色を落としていた。これを見た私は三カ月前の夜を思い出した。初めて出かけていって、旧家めかした趣味だと思った夜のことだ。芝生といい通路といい、ギャッツビーは壊れた人間であると推理する面々が群がっていた。そういう客を送り出しながら、ギャッツビーは壊れることのない夢を胸にしまい込んで、手を振っていたのである。

私は客としてもてなされたことに礼を言った。いつもと同じだ。私だって、ほかの誰だって、その点ではありがたく思っていた。

「じゃあまた」と、私は遠くから言った。「いい朝食だったよ、ギャッツビー」

出勤した私は株券の相場を調べておこうとしたのだが、いつになったら終わるのやら、つい回転椅子で居眠りをしていた。正午前に電話が鳴って、びくんと目が覚めた。額に汗が吹き出ている。ジョーダン・ベイカーからだった。こんな時間の電話もめずらしいことではない。ホテルやクラブや個人の邸宅を渡り歩いている人だから、向こうからかけてくれなければ、なかなか居所がつかめない。

いつもなら電話口にさっぱりした声が届く。ゴルフのショットで振り飛ばされた緑の芝がオフィスの窓へ飛び込んでくるように活きがよいのだが、きょうのジョーダンはがさついた声を出していた。

「もうデイジーの家を出たの。いまはヘンプステッドに来てる。きょうは午後からサウサンプトンへ行くわ」

デイジーの家を出たというのは、おそらく計算があってのことだろう。それにしても気になる。さらに私がぎくりとするようなことを言った。

「きのうの晩、あたし、放ったらかされてた」

「そんな場合じゃなかったろう?」

ふと話が途切れた。それから――

「でも、まあ――会いたいのよね」

「それは僕もそうだ」

「じゃあ、たとえば、サウサンプトンへは行かずに、そっちへ出ちゃったりしようかな」

「あ、いや、きょうは、ちょっとどうかな」

「わかった」

「きょうは、いろいろと予定があって――」

こんな調子でしばらく話すうちに、電話がぶっつり切れていた。どちらが先に受話器を置いたのか覚えがないが、どうでもよいと思った覚えはある。たとえジョーダンとは二度と話すことがなくなるのだとしても、この日にティーテーブルをはさんで向かい合うことはできなかっただろう。

数分後にギャッツビーの家へ電話したら話し中だった。四回かけ直して、やっと交換手が出たと思ったら、ひどく不機嫌な声で、デトロイトとの長距離電話で回線がふさがっていると言う。私は時刻表を取り出し、三時五十分の電車に丸をつけてから、椅子の背にもたれて、しばらく考えをまとめようとした。まだ正午になったばかりだった。

この日、ニューヨークへ出ようとした午前中に、「灰の谷」にさしかかった電車内で、私は反対側の席へ移動した。事件から丸一日は野次馬が絶えないだろうと思ったのだ。黒ずんだ地面を見ようとする子供がいたり、おしゃべり好きの男が見てきたような話を繰り返していたりするのだろう。だんだん現実味がなくなって、おしゃべりの元気もなくなり、マートル・ウィルソンが命を投げ出した悲劇は忘れられる。

さて、ここで少々時間をさかのぼることにしよう。前日の夜に、私たちが去ってからの修理屋でどんなことがあったのか述べておく。

キャサリンという妹の所在を突き止めるのに、かなりの手間がかかったようだ。この夜のキャサリンは、禁酒の自戒を破っていたのだろう。やって来たときには酔っぱらって頭がまわらず、すでに救急車はフラッシングへ行ったということをわからせるだけでも大変だった。ようやく納得したキャサリンは、それこそが事件の許しがたい核心であるかのように卒倒したので、誰か奇特な人が車に乗せて、姉の遺体を追わせてやった。

真夜中を過ぎても、入れ替わり立ち替わり修理屋の店先へ押し寄せる人がいたが、ジョージ・ウィルソンは奥へ引っ込んでカウチに坐り、ゆらゆら揺れているだけだった。しばらくは事務所のドアが開いていたので、やって来る人は、つい奥をのぞきたくなった。そのうちに、いくら何でもひどいということでドアは閉められた。ミカエリスそのほかの数名が、ウィルソンに付き添っていた。初めは四、五人、あとで二、三人、というところだ。いよいよ最後になって、ミカエリスは残った一人に十五分ばかり留守を頼むと、いったん自分の店へ行き、コーヒーをポットに入れて戻ってきた。そのあとはウィルソンと二人で夜明けを迎えたのである。

午前三時ごろ、それまでは要領の得ないことを口走っていたウィルソンの様子が変わった。いくらか落ち着いて、黄色い車のことを言いだした。あれなら持ち主がわかると言う。それから二カ月ほど前から黙っていたことを吐き出した。ニューヨークへ出かけた女房が、まるで殴られたような、鼻を腫らした顔をして帰った。

だが、それだけ言うと、言ってから怖じ気づいたと見えて、ふたたび「ああ、何てこった」という泣き声を喉から絞り出していた。ミカエリスは口がうまい男ではないが、どうにか話を変えてやろうと、

「結婚してどれくらいだった？　まあ、少しはじっとしてろよ。どうなんだい？　何年だった？」

「十二年」

「子供はいなかったんだな？　おい、じっとしてろってば。子供はいなかったのかって聞いてるだろ？」

鈍い灯火にコガネムシが何度もぶちあたる。外の道路を車が突っ走るたびに、ミカエリスは数時間前の止まらなかった車の音を聞くような思いがした。修理屋の作業台には遺体を置いたあとが生々しいので、ミカエリスは奥の事務所から出ることもならず、立ったり坐ったりしていた。朝までには勝手知ったる部屋になっていた。ときどきウィルソンの隣へ行って、さらに落ち着かせようとした。

「なあ、たまには行ってみる教会なんてあるかい？　しばらくご無沙汰してるのかもしれないが。でも、一応は電話したら、牧師さんが面談に来てくれたりしないかな」

「そんなの縁がねえや」

「やっぱり、あったほうがいいよ。こういうときがあるんだからさ。一回くらい、どっか行ったことあるだろ？　あ、だって、ほら、結婚式を挙げたところはあるじゃないか」

「とうの昔だ」

しかし答えようとしたことで、ゆらゆら揺れていたウィルソンの動きがやんで、はたと静かになった。それからまた、薄ぼんやりした目の中に、はっきりした認識があるようなないような表情が戻った。

「引き出しを開けてみてくれ」と、机を指さす。

「どこ？」

「それだ——それ」

ミカエリスは手近な引き出しを開けた。犬をつなぐ革紐が入っていただけだ。子犬用だろうが、編み目模様の銀細工をあしらった高価なものだ。まだ新品らしい。

「これかい？」と、ミカエリスは手にとって言った。

ウィルソンはじっと見つめて、うなずいた。

「きのうの午後に見つけたんだ。女房は何か言いたそうだったが、どうせ変な話に決まってる」

「じゃあ、奥さんが買った？」

「薄紙にくるんで化粧ダンスに置いてあった」

ミカエリスは怪しむことなく、これを買ったからといっておかしくはないという理屈を、ずらずらならべてみせた。だがウィルソンは似たようなことをマートルからも聞かされていたのだろう。またしても「ああ、何てこった」が始まったので、ミカエリスもそれ以上は言えなくなった。

「あげくに殺しやがった」と言ってから、ウィルソンの口がぱかっと開いた。

「誰のことさ？」

「調べりゃわかる」

「おいおい、どうかしてるよ。そりゃまあ神経がまいっちゃってるんだろうが、それにしても何を言ってんだか。じっと静かに朝を迎えようぜ」

「わざと殺したんだ」

「あれは事故なんだよ」

ウィルソンは首を振った。目つきが鋭くなり、「ふん！」とあざ笑うように口元をゆがめた顔に凄みが出た。

「そうじゃねえ」ずばりと言う。「たしかに俺はお人好しで、ほかの人間に悪さをしようとも思わねえが、ここぞという見当はつけられるんだ。あの車に男が乗っていやがった。うちのやつが何か言おうとして駆けてったのに、止まろうともしやがらねえ」

その様子はミカエリスも見ていたのだが、とくに意味があるとは思えなかった。ある特定の車を止めようとする行動というよりは、ウィルソンの女房が亭主から逃げ出したのだろうと見ていた。

「でも、なんだってまた、奥さん、そんなふうに？」

「外からじゃわからない女だ」という返事は、答えになっていたのかどうか。「ああ、あ、あ――」

またウィルソンの身体が揺れ出して、ミカエリスは犬の革紐をいじりながら立っていた。

「来てもらう友だちでもいるなら、電話してやろうか？」

あまり見込みはない。どうせウィルソンに友人らしきものはないだろう。女房一人を持てあました男だ。

ややあって室内に変化の兆しがあり、ミカエリスはほっとする思いだった。窓際の青みが、しっかりと強まる。これなら夜明けは遠くない。五時頃になって、もう電灯を消してもよいと思った。

ガラスを張ったようなウィルソンの目が、うずたかく積もる灰に向かった。その「灰の谷」では、薄らいだ小ぶりな雲が奇抜な形に姿を変えながら、夜明けの微風に乗っている。

「だから女房に言ってやったんだ」しばらく黙っていたあとで、ウィルソンがぼそぼそと語りだした。「俺はだませても神様はだませねえって言った。あいつを窓に向かわせて――」と、ウィルソンはどうにか立ち上がり、みずから裏窓へ近づくと、ガラスに顔を押しつけた。「――神の目はごまかせねえ。おまえのすることくらいお見通しだ。俺の目はどうでも神の目はごまかせねえ！」

うしろに立っているミカエリスには、ぞっとするものがあった。ウィルソンの視線の先には「T・J・エクルバーグ博士の目」があったのだ。ぼやけた大きな看板の目が、ほどけていく闇の奥から、ぬっと現れていた。

「神の目はごまかせねえ」

「ただの看板だよ」とミカエリスは言ったものの、何となく窓から目をそむけて、室内を見てしまった。だがウィルソンは窓辺を動かず、ガラスに顔をくっつけそうにして、薄明の世界にうなずいていた。


六時にはミカエリスもくたびれ果てていたので、外で車が止まった音に感謝したくなった。昨夜も来ていて、あとでまた来ると言っていた誰かだろう。ミカエリスは三人分の朝食を用意したのだが、結局、やって来た男と二人で食べてしまった。ウィルソンもさっきよりは落ち着いたようなので、ミカエリスはひと眠りするつもりで、いったん帰っていった。ところが四時間後に急いで戻ってみると、ウィルソンはいなくなっていたのである。

その足取りは、あとになって判明した。ずっと徒歩で移動して、ポート・ローズヴェルトからギャッズヒルへ回っている。ここでサンドイッチとコーヒーを買い求めているが、サンドイッチは食べなかったようだ。ギャッズヒルへ着いたのがやっと正午だとすると、だいぶ疲れた歩き方になっていたのだろう。

ここまでは行動をたどりやすい。つまり、何人かの子供が「へんなおじさん」を見たと言っている。また車で走っていたら道ばたから異常な目でにらまれたという複数の証言も出た。だが、それから三時間ほどは人の目につかなくなる。ミカエリスが聞いた「調べりゃわかる」という発言から、警察はウィルソンが近在の修理屋をまわって黄色い車をさがしたのではないかと考えたのだが、どこの修理屋からもそれらしい情報は出なかった。ウィルソンに何らかの便法があったのかもしれない。二時半にはウェストエッグにいて、ギャッツビー邸への道を尋ねている。つまり、その時点では、ギャッツビーという名前を突き止めていたことになる。

二時。ギャッツビーは水着になって、もし電話があったらプールまで知らせてくれ、と執事に言った。それからガレージで空気マットをふくらませている。この夏、客が使っておもしろがっていたものだ。ふくらますのを手伝った運転手に、このオープンカーは何があっても外へ出すなと指示した。フェンダーの右前方を直さないといけない車なのだから、出すなというのはおかしいが――。

マットレスをかついで、プールのほうへ歩きだした。いったん立ち止まって少し持ち替えたので、運転手が手伝いましょうかと言ったのだが、ギャッツビーは首を振り、まもなく黄色に色づく木々の葉にまぎれた。

電話はかからなかったが、執事は昼寝もせずに四時まで待った。しかし、たとえ伝言を受けることになったとしても、これを伝えるべき人は、とうにいなくなっていたのである。そのギャッツビー自身、もはや電話はかからない、と思っていたのではないか。私にはそんな気がする。どうでもよくなっていたのではないか。だとすれば、もう熱くなれる世界を失った、ひとつの夢だけを追う人生は高い代償をともなった、という心境だったに違いない。もし上を向いても、おぞましい木の葉の間から、こんなはずではないという空が見えただけのことだろう。バラの花が何と奇怪なものだったか、芝生の庭も、庭に落ちかかる日光も、いかに野蛮なものだったかと身震いしたことだろう。できたばかりの混沌とした新世界に、夢を呼吸する亡霊どもが運命にあやつられてさまよい歩く。あの灰のような顔色の不可思議な人影もまた、そんな亡霊に似ていた。ぼやけた木々をすり抜けて、ギャッツビーに寄っていく。

運転手は――ウルフシャイムの息のかかった男だが――たしかに銃声を聞いていながら、あのときはたいしたことだと思わなかった、と弁解することになる。私は駅から車でギャッツビー邸へ直行した。へんに胸騒ぎがして正面階段を駆け上がったから、何事かと思われたようだ。それにしても連中に知らなかったとは言わせたくない。ともかく四人が押し黙ったまま、つまり運転手と執事と庭師、それに私が、プールへ急いだ。

プールの一方から流れる水が、排水口のある反対側へ、そろそろと、見た目にはわからないほど静かに動いていた。波の影とすら言えないような小波があって、重みのかかったマットレスが漂っていく。わずかに風が立った。水面を騒がすこともない風だが、荷物を乗せてしまったマットレスの進路を、ふらりと揺らすだけの力はあった。するとたまっていた落ち葉に接触して、ゆっくりとマットレスが回りだし、コンパスのように、水の表面に赤い円弧を引いた。

ギャッツビーを屋敷へ運ぼうとして、ようやく庭師がウィルソンの死体に気づいた。やや離れて芝生に倒れていたのだった。こうして惨劇が終わった。

第九章

あれから二年たった今でも、事件のあった午後から夜、また翌日にかけてのことは、警察とカメラマンと新聞記者がいつまでも出動訓練を繰り返すようにギャッツビー邸の玄関を出入りした、という記憶にしかなっていない。正面にロープが張られ、立ち番の警官が物見高い連中を締め出していたが、私の家の庭を突っ切ればよいのだと発見した子供たちがいて、ぽかんと口を開けた小さな見物人がプールのまわりに絶えなかった。

おそらく刑事なのだろう。すっかり場慣れした男が、ウィルソンの死体にかがみ込んで、「異常者」という言葉を使った。その声に意外な重みがついていたので、翌日の新聞の書き方がほぼ決まったと言える。

そんな新聞記事は、だいたいが悪夢のようなものだった。怪奇趣味をあおり、核心には触れず、売らんかなの姿勢で嘘をならべていた。ミカエリスの証言で、ウィルソンが妻の素行に疑念を抱いていたと明らかになったことから、もはや事の顛末が下《げ》世《せ》話《わ》な論調で皮肉られるだけになるかと思ったが、何でもしゃべってしまいそうなキャサリンという妹が、意外にも口の堅いところを見せた。なかなかの役者だったのだから驚きで、尋問されても臆することなく、化粧で修整した眉の下から見つめ返して、姉がギャッツビーという男に会ったことはないと証言した。夫たるウィルソンとは円満で、いかなる不品行にもおよんでいない、と述べている。言いながら感極まって、そんなことを疑われるだけでも耐えがたいというように、ハンカチに顔を伏せて泣きだした。こうなるとウィルソン一人が「悲しみのあまり狂乱した」ものと見なされ、事件はまったく単純な犯行として落ち着いたのである。

しかし、そんな成り行きには、ちっとも実感が湧かなかった。私だけがぽつんと取り残されてギャッツビーに付き添った。あんなことになった第一報の電話をウェストエッグ・ヴィレッジへ入れてからというもの、ギャッツビーへの憶測にせよ疑義にせよ、すべて私に照会されるようになった。どうなってるんだという気がしたが、ギャッツビーが邸内に寝かされて、身動きせず、息をせず、口をきかないという時間がたつにつれ、私が引き受けようという思いが強くなった。ほかに関わろうとする者がいないのだ。誰が死んだにせよ、その生涯の最後には、親身になって見届けてやる人間がいてもよいのではないか。

事件の日には、発見から三十分後に、デイジー宅に電話をした。とくに考えもせず、知らせるのがあたりまえだから知らせた。ところが昼過ぎに夫婦そろって出かけたという。荷物を持って出ていった。

「行き先は言わなかった？」

「はい」

「いつ帰るとも？」

「はい」

「見当としては？　どうにか連絡を取りたいんだが」

「さあ、聞いておりません」

誰かしら呼んでやりたい、と私は思った。あの男が横たわる部屋へ行って、安心させてやりたかった。「いま来させるからな、ギャッツビー。まあ、まかせとけ。誰か呼んでやるよ――」

マイヤー・ウルフシャイムの名前は電話帳に出ていなかった。執事に聞いたらブロードウェーの事務所の住所がわかったので、番号案内へかけた。だが番号はわかったものの、とうに五時を過ぎていて、事務所に人がいなかった。

「もう一度、呼び出してもらえますか？」

「もう三度呼びましたが」

「緊急なんです」

「すみません、あちらが出ないので」

仕方なく客間へ戻ったのだが、一瞬、こんなに客が来る日だったのかと思ってしまった。いつの間にか捜査の関係者で部屋があふれていた。シーツをめくって、無感動な目でギャッツビーを見ている。だが私の耳の奥には、あの口調が響いてやまなかった。これではいけないと言っているようなのだ。

「――どうにか呼んでもらえませんかな。もうひと働き願いますよ。このまま一人ではかないませんのでね」

早くも質問が飛んできたが、私はかまわずに離れていって、二階へ上がり、机の引き出しの開けられそうなところを大急ぎで調べた。ギャッツビーの親が存命かもしれない。死んだと聞いた覚えはない。だが何も出てこなかった。ダン・コディの写真が掛かっているだけだ。荒々しかった時代の名残として壁から見下ろしているのだった。

次の朝、私は執事を使いに出して、ウルフシャイム宛ての手紙をニューヨークへ届けさせた。教えてほしいことがあるので次の電車で来ていただきたい、という文面にしておいた。書きながら、書くまでもないのかもしれないと思った。新聞を見ればすっ飛んでくるだろう。それはデイジーも同じことで、昼前には電報くらいよこすだろう。

しかし、電報もウルフシャイムも来なかった。誰も来ない。またしても警察とカメラマンと新聞記者が来ただけのことだ。執事がウルフシャイムの返事を預かってきて、それを読んだ私に敵愾心《てきがいしん》のようなものが生じた。ギャッツビーと二人で組んで、こんな世の中を敵に回してやる、という気分だ。

拝啓　キャラウェイ様

このたびはまったく驚いたことで、とうてい信じられない思いでして、こういう馬鹿げたことをしでかす者がいるいうだけで、おおいに考えさせられるのでありますが、どうしても手が離せない用件かかえておりまして、そちらへ行って関わり合いになることできません。あとでお手伝いできることあれば、エドガーに手紙を持たせてください。今度のようなこと聞くと、もうわけがわからなくなって、すっかり打ちのめされた思います。

敬具

マイヤー・ウルフシャイム

そして、あわてて追伸が書いてあった。

葬儀のことなど知らせてください。親兄弟のこと存じません。

午後に電話がかかった。シカゴからの長距離電話として取り次がれたので、やっとデイジーに通じるのかと思ったが、聞こえてきたのは男の声だ。薄っぺらで、遠くから聞こえるような声だった。

「ええと、スレーグルだが……」

「はい？」聞いたことのない名前だ。

「えらいことだぜ。こっちからの電報は行ったかな?」

「そんなものは来ていないが」

「パークスのやつがしくじりやがってさ」と、早口の話が始まった。「換金しようとした現場を押さえられた。なんと五分前にニューヨークから注意書きが回ったとかで、証券の番号を知られてたんだな。そこらへんのことで何か聞いてないか? こっちゃあ田舎町でさっぱり――」

「あ、もしもし――」私はあわてて口を出した。「ギャッツビーさんはいないんですよ。死んだんです」

電話の向こうに長い沈黙ができた。それから、びっくりしたらしい反応が聞こえて、がちゃっと切れた。

たしか三日目のことだったろう。あるミネソタの町から、ヘンリー・C・ギャッツという名前で電報が来た。すぐに行くから葬儀を急がないでくれ、としか書いていない。

やって来たのはギャッツビーの父親だった。陰気くさい老人で、おろおろするばかりになっている。まだ暑い九月だというのに、安っぽい冬物コートに身をつつんでいた。心の騒がしさが目から垂れて出るようだ。カバンと雨傘を預かってやったら、空いた手で白くなった乏しい髭をいじりだしたので、コートを脱がせるのが大変だった。いまにも倒れそうな老人を音楽室へ連れて行き、とりあえず坐らせておいて、食べるものを持ってきてもらった。だが老人は食べようとしない。ふるえる手に持ったグラスからミルクがこぼれた。

「シカゴの新聞に出たんですよ。ぱあっと出たんで、すっ飛んできました」

「これはどうも、連絡先がわからなかったもので」

何も見えていないような老人の目が、しきりに室内を動いていた。

「異常者のしわざとか。そういうことなんですな」

私は「コーヒーでもいかがです?」と勧めてみた。

「いやいや、お気遣いなく、ええと――」

「キャラウェイです」

「お気遣いなく、キャラウェイさん。――で、ジミーはどこに?」

というわけで、息子が横たわる客間へ案内して、しばらく一人にしてやった。表の階段から玄関をのぞいている子供らがいたので、いま来たのはどんな人なのかと教えたら、渋々帰っていった。

しばらくしてギャッツ老人がドアを開けて出てきた。口がだらしなく緩んで、わずかに顔が赤らみ、ぽつりぽつりと涙が落ちた。この年になれば、もはや死は不気味な衝撃ではない。豪邸の空間を見まわせば、天井が高く、いくつも連なる大きな部屋が、さらに奥の間へと続いている。こうなると、悲しいことは悲しいが、たいしたものだという感慨も入り混じった。

この老人を二階の寝室へ連れていった。上着とヴェストを脱いでいる老人に、葬儀の手配を止めて待っていたことを知らせる。

「ギャッツビーさんのご意向はどうなのかと思いまして」

「ギャッツですが」

「そうでした――。ご遺体を中西部へ運ぶのではないかと」

老人は首を振った。

「東部へ出たがった子が、東部で成り上がったのですから――。あの、親しくしていただいたのですか、ええと――」

「はい、親友でした」

「先が楽しみだったのですよ。まだ若いながらも、このへんは詰まっていた」

老人が重々しく頭に手をやるので、私もうなずいて応じた。

「あれが生きていたら、たいした男になったでしょうな。鉄道王か何かになって、国づくりの役に立ったんじゃないかと思っとるんです」

「ええ、まったく」だんだん返事が苦しくなった。

老人はベッドから刺繡のある上掛けを引っ張って、もたつきながらまくり上げ、ぎくしゃくと横になると、たちまち寝入っていた。

この夜、びくついた声で電話がかかった。どうしても自分から名乗ろうとはしない。

「キャラウェイですが」と、私から先に言った。

「ああ——」ほっとした気配が伝わった。「クリップスプリンガーです」

ほっとしたのは私も同じだ。ギャッツビーの墓前に参列者が一人増えるだろう。うっかり新聞に訃報でも出したら、むやみに見物人を集めるかもしれないと思って、わずかな人数にだけ私から電話をしていたのだが、なかなか所在がつかめなかった。

「あした葬儀なんです」と、私は言った。「三時から自宅で——。来そうな人に声をかけてくれませんか?」

「ああ、そうしましょう」やけに慌ただしい口をきく。「いや、ま、あんまり人に会うとも思えないけど、もし会ったら」

なんだか怪しい。

「ともかく来てくれますよね」

「あ、まあ、なるべく——。ところで、きょう電話したのは——」

「ちょっと待った。来ると思っていいんですね?」

「いや、ま、じつを言うと、あのう、いまグレニッチへ来てて、あすは仲間とつきあうことになってるというか、ちょっと出かけるもんですから。まあ、行けたら行くようにしますが」

私はつい抑えきれずに「うわ!」と言ってしまった。それが聞こえたのだろう、おどおどした声が話の続きを言った。

「つまり電話したのは、そっちに靴を忘れたということで、執事に言って送らせてもらえないかと思うんですよ。テニスシューズなんだけども、ないと困るようなわけで。いまの宛先は——」

もう私は受話器を置いてしまったから、どこに居候していたのかは聞いていない。

その後、これではあまりに情けないと思うことがあった。さる紳士などは、電話をした私に対して、ギャッツビーも自業自得だと言わんばかりだった。だが私の失敗でもある。ことさらに冷笑を浴びせたがる男だった。もともとギャッツビーの酒をくらっておいて、その勢いでギャッツビーを笑っていたではないか。電話をした私が馬鹿だった。

葬儀の日の朝、ニューヨークへ出た。そうでもしないとマイヤー・ウルフシャイムには会えないようだ。エレベーターボーイに教わって押したドアは、〈スワスティカ〉という持ち株会社の入口だった。見たところ誰もいない。それでも何度か呼んでいたら、仕切り壁の奥で言い合う声が突発し、まもなく現れたユダヤ美人が私を見て、うさんくさそうに黒目を光らせた。

「留守ですよ。ウルフシャイムさんはシカゴへお出かけです」

前半は明らかに嘘だろう。「ロザリオ」という流行《はや》りの曲をへたな口笛で吹く音が、奥の部屋から洩れてきた。

「キャラウェイが会いに来たと言ってください」

「そんなこと言ったって、シカゴから連れ戻すわけにいかないでしょ?」

このとき紛れもないウルフシャイムの声が、ドアの向こうから「ステラ!」と女に呼びかけた。

「じゃ、名前を書いたものを、そこに置いといてください」女は早口に言う。「お戻りになったら伝えますから」

「いるじゃありませんか」

すると女は一歩踏み出し、怒ったように両手を腰にあて、上へ下へと動かした。

「まったく、いまの若い人は、いつだって押し入るつもりでいるんだから困るわ。いやんなっちゃうじゃないのよ。あたしがシカゴと言ったら、シカゴにいるんですよっ」

私はギャッツビーの名前を出した。

「あら、ら」女は私に目を向け直し、「ちょっと、あの——お名前、何だっけ?」

女が消えた。ほどなく入れ替わりにマイヤー・ウルフシャイムがおごそかに両手を差し出して立っていた。私を事務所へ招じ入れ、声まで謹厳になって、とんだことになったものだと言い、私に葉巻を勧めた。

「あの男に初めて会った日のこと、思い出します。少佐だったのが除隊したばかりで、勲章だらけになっていた。あたりまえの服を買う金もないから、軍服を着たきりでした。初めて会ったというのは、あいつが四十三丁目の〈ワインブレナーズ〉という玉突き場へ来て、仕事をさがしてるなんて言ったときで、二、三日、ものを食っとらんかったですよ。じゃあ、昼でもどうだって言ったら、三十分かそこらで食った分が四ドルじゃきかなかったな」

「で、仕事の世話をした？」

「世話どころか、あれはおれの産物だ」

「はあ」

「どぶに落ちてたのを拾ってやったようなもんでね。なかなか見栄えのいいやつが来たもんだと思ったし、オッグズフォオドへ行ってたってんだから、こりゃあ使えるだろうと見込んだんだ。在郷軍人会へも入らせたが、かなり上の地位まで行ったよ。仕事の覚えがよかったな。うちの客でオールバニーにいる人のために、いい働きっぷりを見せてくれたっけ。おれとはウマが合って――」と、ウルフシャイムは太くて短い指を二本くっつけてみせた。「――いい相棒でしたよ」

そういう親密な仲が、一九一九年のワールドシリーズでも八百長の仕掛けにつながったのだろうか。

「まあ、こういうことになって」と、私は頃合いを見て言った。「大の親友だった方なら、午後の葬儀にいらっしゃるのではないかと」

「行きたいものだが」

「では、よろしく」

ウルフシャイムの鼻毛がひくついた。首を振っている男の目に涙があふれる。

「できんのですよ――関わりにはなれない」

「関わりってことはないでしょう。もう終わってるんですから」

「人が命を落とした話には、どうでも関わりたくないんです。離れていたい。いや、若い時分には違いましたよ。もし仲間が死のうもんなら、どんな死に様であっても、最後まで味方してやった。甘っちょろいと言われるかもしらんが、そんなもんだった。とことん最後まで行った」

どういうつもりなのか、この男なりの考えがあって、来ようとはしないのだろう。私は席を立った。

するると、いきなり「大学は、出とられる?」と言われた。

さてはまた商売に引っ張り込むつもりかと思ったが、もはやウルフシャイムはうなずいて握手を求めただけだった。

「ま、これからは、生きてる間に仲良くするといたしましょう。死んでしまえば仕方がない。そうっとしとくだけだと思っとります」

外へ出ると空が暗くなっていて、ウェストエッグに帰った頃は小雨がぱらついていた。着替えをして隣のギャッツビー邸へ行ったら、老人が気持ちを抑えきれないように行ったり来たりしていた。息子および息子の所有物を、ますます自慢したくなっているのだろう。私に見せようとするものがあった。

「ジミーがよこした写真です」と、ふるえる指先で財布から取り出す。「ほら、ね」

この家の写真だった。四隅《よすみ》が折れかかって、さんざん人の手がふれた形跡がある。老人はあれこれ細かいところまで言いたがった。「ほら、ほら」と指し示しては、私の目に讃嘆の色を読み取ろうとする。こうして何度も講釈しているうちに、写真は現実の家よりも現実味を増していた。

「ジミーが送ってよこしたんです。いい写真でしょう。よく撮れてる」

「そうですね。最近、息子さんとは？」

「二年前に訪ねて来ましたよ。あっちで家を一軒買ってくれましたよ。いま住んでおります。あいつは勝手に追ん出てったやつですが、無理もなかったんでしょうな。大きな将来があるとわかっとったんでしょう。えらくなってからは親孝行してくれました」

老人は写真をしまうのが惜しくなったように、しばらく私の目の前にかざしていた。ようやく財布をしまい込むと、今度はポケットから一冊の本を出した。くたびれた表紙を見れば、『ホパロング・キャシディ』というカウボーイものの本である。

「これですよ。こんなのを持っとったんです。これを見ればわかるんですが――」

老人は裏表紙を開いて、私から見やすいように本を回した。余白のページに「スケジュール」という書き込みがあった。一九〇六年九月十二日の日付になっている。その下には――

起床…………………………午前六時
ダンベルと壁登りの訓練……〃　六時十五分～六時三十分
電気（など）の勉強…………〃　七時十五分～八時十五分

仕事……………………〃八時三十分～午後四時三十分
野球その他スポーツ……午後四時三十分～五時
しゃべり方、落ち着きの訓練……〃五時～六時
生活に必要な発明品の研究……〃七時～九時

いつもの心がけ

〈シャフターズ〉や［判読不能の店名］で無駄な時間を使わない
もうタバコをすわない、かまない
一日おきに入浴する
週に一冊は、ためになる本か雑誌を読む
週に五ドル［これを消して修正］三ドルは貯金する
両親への態度をよくする

「こんなものを、たまたま見つけましてね」と、老人は言った。「よくわかりましょ

う?」

「ええ、わかります」

「ジミーは世に出たい気持ちが強かった。こういう心がけなんてものを、よく考えてましたな。どれだけ精神の向上を念じておったかわかりましょう? そういうことは偉かったと思いますよ。いつだったか、親父に向かって、そんな食べ方じゃ豚みたいだなんて言うから、ひっぱたいたこともありました」

この本を閉じるのも惜しいようで、老人は一つずつ項目を読み上げては、食い入るように私を見た。ご自分用に控えておきなさいと言わんばかりだった。

三時前にルター派の牧師がフラッシングから到着した。ほかにも来ている車はないかと、つい私は窓の外を見てしまった。ギャッツビーの父親もそうしていた。そろそろ時間ということで使用人たちが出迎えの態勢をとると、老人は気遣わしげに目をしばたたき、あいにくの雨ですな、と不安を口にした。牧師がちらちらと腕時計を見るので、私はそっと脇へ呼んで、あと三十分ばかり待ってくれませんかと言った。だが、それも無駄になった。まったく人が来ないのだ。

五時頃、三台の車を連ねて墓地へ到着し、しとしと降る雨の中、ゲート前で停車した。先頭の霊柩車が、雨に濡れて、おぞましいほどに黒かった。二台目のリムジンには、ギャッツ老人と牧師と私が乗ってきた。やや離れて停まったギャッツビー所有のステーションワゴンから、四、五名の使用人と、ウェストエッグの郵便配達人が降りた。すでに雨が衣服をしみ通っている。ゲートを抜けて墓地のほうへ歩きだしたら、うしろで止まった車があり、泥をはねて追ってくる足音がした。振り向くと、あのフクロウ眼鏡の男だった。ギャッツビー邸の蔵書を讃嘆していた夜は、三カ月前のことである。

あれ以来、会っていなかった。どうして葬儀のことを知ったのか。いや、この男の名前すら、いまも私にはわからない。分厚いレンズに雨粒がしたたり落ちた。男は眼鏡をはずして水気をぬぐい、ギャッツビーの墓にかけてあった布が取り去られるのを見た。

このときの私はギャッツビーについて考えていたかったが、もはや彼とは遠く離れてしまっていたようで、まだデイジーからは伝言も花も来ていないということを、べつに恨みがましくもなく思いついただけだった。「雨に降られる死者は幸いなり」と、誰やらのつぶやく声がぼんやりと聞こえた。するとフクロウ眼鏡が、しっかりした遠慮のない声で「アーメン」と応じた。

雨の中を、ばらばらと急ぎ足になって、車に戻った。ゲートまで来たところでフクロウ眼鏡が話しかけてくる。

「あの家には寄らずに来てしまった」

「行った人はいませんよ」

「そんな！」びっくりしたようだ。「なんてこった。何百と押しかけた家だってのに」

そう言うと、ふたたび眼鏡をはずし、レンズの表と裏を拭いていた。

「あいつも馬鹿を見たもんだ」

東部からの帰省の旅は、いまも記憶にあざやかだ。寄宿していた高校時代にも、また大学に進んでからも、クリスマスの時期になると西行きの列車に乗った。シカゴまで来て、さらに西へ向かう者は、十二月の夕方六時の古びた薄暗いユニオン駅で、もう休暇気分になりきっているシカゴ止まりの友人たちと、慌ただしい別れのひとときを過ごす。お嬢さん学校の生徒が毛皮のコートを着ている。しゃべっていると吐いた息まで凍りそうで、旧知の顔を見れば手を高く上げて振り、どこの家に招かれているのか言い合う。「オードウェイの家へ行くか？　ハーシーか？　シュルツか？」手袋をした手には細長い緑の切符を握りしめている。すると、ようやく〈シカゴ・ミルウォーキー&セントポール鉄道〉のくすんだ黄色い列車が入線して、クリスマスそののもののように楽しげに、客の搭乗を待っている。

冬の夜汽車が動き出し、窓の外に広がる本物の雪が——故郷の雪が——きらきらとガラスに映えて、ウィスコンシンの小駅のぼんやりした灯火が何度か行き過ぎると、つかみかかるような寒さに空気が急速に引き締まる。食事をすませてから客車へ戻ろうと冷えきった連結部にさしかかり、そんな空気を胸に吸い込んでいると、この土地の人間であることをつくづく思い知らされるが、そんなおかしな自意識も一時間ほどのことで、すぐにまた周囲に溶け込んで何とも思わなくなっている。

こういうのが私の中西部だ。小麦畑でも、大平原でも、すたれた北欧移民の町でもない。それよりは若い日々に胸をはずませた帰省列車であり、霜の降りる夜の闇の街灯と橇《そり》の鈴の音であり、明るい窓が雪の上に投げかけるヒイラギの輪飾りの影だった。私はそういうところの人間だ。長い冬に感化されて生真面目なところがある。また何十年たっても、家族の名前が、その住まう家屋と一致して覚えられるという町で、キャラウェイの家に生まれ育ったことに自尊心をくすぐられている。

いま思うと、ここまで語ってきたのは西部の物語だ。要するに、トムもギャッツビーもデイジーもジョーダンも私も、みな西部人なのである。たぶん何かしらの困った共通点があって、東部の生活とは微妙にずれていた。

たとえ私が東部に対して胸を躍らせ、たいしたものだと痛感した場合でも――なにしろオハイオ川より西のだだっ広いところにあるただ大きいだけの町では、よほどの老人か子供でもないかぎり、厳しい戒律に追い立てられるようにして暮らすのだが――それでも東部というところは、どこか歪んでいるのではないかと思われた。

とりわけウェストエッグは、いまなお私の奇怪な夢に浮かんでくる。まるでエル・グレコの絵にありそうな、おかしな夜の場面だ。百軒ほどの家がある。陰気な雲が垂れ込め、光らない月が出ている空の下で、どこにでもありそうな、しかし妖しくもあるような佇まいを見せている。その前景には、しかつめらしい男が四人、夜会服を着て歩道を行くのだが、なぜか担架を運んでいて、白いイブニングドレスの女が酔って乗せられている。横へ垂れ下がった手には、宝石が冷たく輝く。とある家の前で、四人は重々しい態度をとって入ろうとするのだが——この家ではなかった。誰も女の名前を知らない。誰も気にしない。

ギャッツビーの死後、私にとっての東部とは、そんな不気味な場所にさえなった。どう見ようとしても、私の目には歪んで見えた。だから、枯れ葉を燃やす青みがかった煙が空気にしみて、吹く風に洗濯物が乾いてこわばる季節に、もう帰郷しようと心を決めた。

だが、その前に一つ、すませておくことがあった。あまり愉快ではなく、もし放っておけるなら放っておきたいところだったが、あとを濁して出て行くのはいやだ。たとえば海にものを捨ててから、どうせ海が流してくれるとは考えたくない。だから、もう一度ジョーダン・ベイカーに会った。われわれ二人にどういうことがあって、その後の私がどうなったかということを、じっくり話したのだ。彼女は大きな椅子に身体を預け、ぴくりとも動かずに聞いていた。

このときはゴルフの服装をしていて、なんだかイラストの女を見るようだと思った記憶がある。つんと顔を上げて、髪の色は秋の葉のようで、顔は膝に乗せている指先のない手袋と似たような茶系の肌になっていた。私の話を聞き終えると、だからどうだとも言わずに、ほかの男と婚約したという話をする。嘘だろうと私は思った。たしかに何人かは、どうとでも言うことを聞かせられる男はいただろうけれども、この時点での婚約はないはずだ。それでも一応、びっくりした振りをした。私としても、これでいいのかと思わないこともなかったが、すぐに考えをまとめ直して、別れの挨拶に立った。

「ともかくも、あたし、振られちゃったんだわ」ふいにジョーダンが言った。「電話で振られちゃったわね。いまさら何とも思ってやしないけど、そういうの初めてだったから、しばらく頭がぼうっとしてたわ」

私たちは握手をした。

「あ、それから——覚えてるかしら、車の運転のことを話したでしょう」

「いや、まあ、あんまり正確には」

「言ってたじゃないの。下手なドライバーは、一人だけならいいけど、ほかに下手なのと出くわしたら危ないって。ま、あたしは、下手な出会いをしちゃったのね。うっかり見込みをはずしたんだわ。あなたのことを、まっすぐ正直な人なんだと思った。ひそかに正直を自慢にしてるんだろうとも思った」

「これでも三十になってるんでね」と、私は言った。「あと五年も若かったら、自分をごまかしてでも、光栄です、なんて言うだろうが」

もう彼女は返事をしなかった。私は腹を立てつつ、いまだ未練を残しつつ、ひどく後味の悪い思いをしながら、くるりと背を向けた。

ある十月下旬の午後、トム・ブキャナンに会った。五番街を歩いていたら、私のすぐ前を行くのを見かけた。きびきびした我の強そうな歩き方が、いかにもトムらしい。もし押されたら自衛に転じるとでもいうのか、いくぶん手を身体から離していた。あちこちへ目を配っていて、その目に合わせるべく首から上がくるくる動いている。

私は追いつかないようにしようと思って歩みを遅くしたのだが、そのとたんにトムは足を止め、むずかしい顔をして宝石屋のウィンドーをのぞいた。だが急にこっちを向いて、手を差し出しながら寄ってくる。

「どうしたんだよ、ニック。俺と握手するのはまずいのか?」

「まあな。どういう気持ちでいるかわかるだろう」

「おい、どうかしてるぜ」と、すばやい反応があった。「いかれてるな。どうしてこうなるんだ」

「なあ、トム」私は思いきって尋ねた。「あの日の午後、ウィルソンに何て言ったんだ?」

トムが無言のまま目を見開いたので、空白の数時間をめぐる私の想像は当たっていたのだと思った。もう離れて歩きだそうとしたら、トムは一歩踏み出して私の腕を押さえた。

「ほんとのことを言っただけだぞ。出かけようとしたところへ来やがったから、居留守を使って追い払おうとしたんだが、勝手に二階まで来ようとする勢いだ。あれじゃあ車の持ち主を教えないことには、こっちが殺されかねなかった。ずっとポケットの中で拳銃に手をかけてたからな——」とまで言って、だから何だという口調になった。「ほんとのことを言って悪いか? あの男には当然の報いだ。デイジーも目をくらまされたが、おまえだってそうだろう。一筋縄ではいかんやつだったな。マートルを犬っころみたいに撥ねておいて、平気で逃げた」

これでは私から言うことはない。そんなのは本当のことではないという、言えない事実があるだけだ。

「この俺だって、つらい思いはしてるんだ。この際、言っといてやるが、こっちに借りてたアパートの始末をつけに行ったら、犬のビスケットが箱入りのまんまサイドボードに出ていた。それを見たら、へなへな坐り込んで、赤ん坊みたいに泣いちまったよ。あれはもう、まったく――」

このトムは、私から見れば、許せない男、いけすかない男でしかなくなったが、とった行動は正当であると自分では理屈を通しているようだ。いいかげんの極致である。トムもデイジーも、いいかげんにできている。まわりにあるもの、生きるものを、すべてぶち壊しにしておいて、金銭というか、いいかげんな態度というか、ともかく二人を結びつけている原理に戻って、ごたごたの後片づけは人まかせ……。

私はトムと握手をかわした。なんだか子供としゃべっているような錯覚に見舞われ、握手くらいしてやらないと格好がつかないのだった。それから彼は宝石屋の店内へ行った。真珠のネックレスでも買うのか、さもなくばカフスボタンの調達だったのかもしれないが、いずれにせよ私のような細かいことにこだわる田舎者とは、それっきり別れることができたのだ。

私がウェストエッグを発った日にも、まだギャッツビー邸は空き家のままだった。手入れの行き届いていた芝生も、私が住んだ家と似たような伸び放題になっていた。ある地元のタクシー運転手は、この家を通りかかれば必ず一時停車して、客に門内を見せた。事件の夜に、ギャッツビーがデイジーをイーストエッグまで送っていった際の運転手なのかもしれない。それ以来、適当な話をでっち上げたのかもしれない。もちろん私はそんな話など聞きたくないので、駅で降りると、この男の車を避けるようにしていた。

土曜の夜は、わざと帰らないことにして、ニューヨーク市内にとどまった。まばゆいばかりのパーティが目の前にちらついて、あの庭園から絶え間なく流れた音楽や笑い声、また門の内外へ行き来する車の音が、いまなお聞こえそうだったからだ。いや、現実に車の音がした夜もある。ヘッドライトが正面階段に当たった。だが、それ以上に見ようとはしなかった。遅ればせながら客が来たのだろうか。地球の果てにでも行っていて、楽しいパーティが終わっていることを知らなかったのかもしれない。

最後の夜に、もうトランクに荷物を詰めて、なじみの雑貨屋に車を売ってしまった私は、もう一度だけ隣の屋敷へ行った。わけのわからない廃墟になった豪邸の見納めだ。白い階段に落書きがあった。近所の悪童がレンガのかけらで汚い言葉を書きつけていた。それが月光に浮かび上がっているから、石の階段に靴底をなすりつけて消した。それから私は海岸までぶらぶら降りていって、砂地に大きく寝そべった。

そろそろ海沿いの別荘が閉められる季節で、ほとんど灯火らしいものは見えなかった。海峡を行くフェリーが薄ぼんやりした光として動くだけだ。月が高くなるにつれ、そういう家のぼやけた輪郭がなおさらわからなくなって消えていく。入れ替わりに見えてくるように思えたのが、かつてオランダ人水夫の眼前に花開いた島だった。みずみずしい緑の新世界が、ここまで張り出していた。往時の森は消滅したが――木々がなくなってギャッツビーの家ができたのだが――その昔は、人類の最後にして最大の夢に語りかけ、やさしく心をそそる森だった。この大陸を目にした刹那、人間は魔法にかかったような思いで息を呑んだに違いない。まったく理解も欲望も超えて、ただ美しいとしか思えなかったことだろう。感動できる限界に近い光景と、まともに向かい合ったのは、これが歴史に残る最後となった。

私は砂に坐って、遠い昔の未知の世界に思いを馳せながら、デイジーの家の突堤に初めて緑の灯を見たギャッツビーの感動を思った。青々とした芝生にたどり着くまでには、長い道のりがあったはずだ。ここまで来たら、ほんの少しで夢に手が届きそうで、つかみ損なうことがあるとは考えなかったろう。夢が後ろにあるとは思いもよらなかった。もう夢は、都会の向こうに広がる巨大な闇、この国の暗い原野がうねって続く夜の世界へ行っている。

ギャッツビーは緑の灯を信じた。悦楽の未来を信じた。それが年々遠ざかる。するりと逃げるものだった。いや、だからと言って何なのか。あすはもっと速く走ればよい、もっと腕を伸ばせばよい……そのうちに、ある晴れた朝が来て——

だから夢中で漕いでいる。流れに逆らう舟である。そして、いつでも過去へ戻される。

解説

小川高義

フィッツジェラルドが『グレート・ギャッツビー』の原型となるものを着想したのは、一九二二年六月、実家に近いミネソタ州ホワイトベアレイクで短編集『ジャズ・エイジの物語』を校正していた時期である。実際に書きだしたのは翌二三年の夏。このときはニューヨークから東へ十五マイルほど、ロングアイランドのグレートネックという町に家を借りていた。この第一稿は完成にいたらず、ほとんど破棄されることになるのだが、あとで「赦免（Absolution）」として独立した短編になる部分は、この初期ヴァージョンから残存したものと考えられている。

だが、この構想は一時中断した。一九二三年の秋に、戯曲『植物』の上演があり、それが失敗したために、冬から翌春まではせっせと短編を書いて原稿料を稼ぐことになった。構想が復活したのは二四年の四月初旬、すなわち妻ゼルダ、娘スコッティー（二歳半）とともにヨーロッパへ船出する直前である。それから二六年の末まで、パリ、リヴィエラ、ローマ、カプリ島に滞在している。渡欧した夏から秋にかけて、リヴィエラで「ヴィラ・マリー」という屋敷を借りて住んでいた日々に、執筆が進められた。もともとグレートネックでの放埓な生活ぶりを反省し、まとまった仕事をするつもりで大西洋を越えたのだ。十月には一応の完成を見て、ニューヨークのスクリブナー社に原稿を送っている。この時点ではタイトルが確定していない。いくつかの候補があって作者は最後まで迷っていた。ゲラになった段階で大幅な書き換えがなされてもいる。結局、『グレート・ギャッツビー』として出版されたのは、渡航から丸一年、一九二五年四月のことだった。

なお、明らかに『グレート・ギャッツビー』と縁の深い、「冬の夢」、「『常識』」、「お坊ちゃん」などを含む短編集が、翌年に『若者はみな悲しい』として出版されることになる。個々の場面については短編の魅力が捨てがたいのだが、長編では各部分の呼応関係、コントラストの妙に感嘆させられる。決して才能にまかせて書き流したのではなく、みごとに計算が行き届いているのだということを、何度読み返しても発見するだろう。

というわけで、執筆そのものはフランスで行われたのだが、作品の素材はグレートネックで仕入れたものが多い。これが作中ではウェストエッグと呼ばれる町になる（入り江の海をはさんだ対岸のイーストエッグは、現実にはポートワシントンという地名が対応する）。

このグレートネックは、ショービジネスやジャーナリズムの関係者が多く、さかんにパーティが行われる町だった。ここで作家のリング・ラードナーとも親しくなった。ラードナーは、作中の「フクロウ眼鏡」の男のヒントになったと考えられている。また、この町の住人ロバート・カーから仕入れた経験談のおかげで、ギャッツビーがダン・コディの豪華ヨットに乗せてもらえる経緯がふくらんだ。さらに、やはりグレートネックの住人で、密造酒の業者だったと言われるマックス・ガーラックなる男の口癖を、作者はギャッツビーの話し方として借用したらしい。誰彼となく「オールドスポート」と呼びかける癖である。ただし、すでに読者はお気づきだろうが、この新訳では、とくに決まった訳語をあてることなく、ギャッツビーの口調全体に、どこで覚えたのかと言いたくなるような気取りが出ていればよいものとして処理した。あとで『オックスフォード英語大辞典』が〝sport〟という単語の使用例として、ギャッツビーが最初に発する〝old sport〟（第三章）を採用したと知ったら、ギャッツビーは喜んだだろうか。トムは憮然としたかもしれないが。

もちろん、すべてがグレートネックにあったのではない。作者は知り合った人々をさまざまな形で作品に取り込んでいる。裕福なポロの名手（空軍の英雄でもあった）トミー・ヒッチコックは、トム・ブキャナンの役柄に利用された。裏社会の大物で一九一九年のワールドシリーズで八百長を仕組んだとされるアーノルド・ロスティーンは、マイヤー・ウルフシャイムに生かされ、かつての恋人ジネヴラ・キングの同級生でアマチュア女子ゴルフのチャンピオンだったイーディス・カミングズは、ジョーダン・ベイカーに姿を変えた。密造酒の元締めで、シンシナティの豪邸のパーティーで知られたジョージ・リーマスは、ギャッツビーの参考になっているだろう。リーマスは醸造所と薬局を支配下に置いていたようだ。アルコールを「医薬用」として流すためである。作中では、ギャッツビーがドラッグストアの事業をしていたという説がデイジーの口から聞かれるが、これはギャッツビー本人から聞いたと推測するしかない。またトムは近頃は何でもドラッグストアで買えるという皮肉を飛ばしている。そのデイジーの下敷きになったのは、もちろん作者の妻ゼルダであるだろう。アラバマ州モントゴメリーの名家の娘で、いったんは非公式ながらフィッツジェラルドと婚約し、将来に不安があるとして婚約を破棄したものの、彼が作家として華々しくデビューしたあとで結婚した。

それからは時代を代表する贅沢な若夫婦になっていたのだが、二四年に渡欧してから、ゼルダがフランスの航空士官エドゥアール・ジョーザンと親密になるという危機があった。どこまで深い仲になったのか判断は難しいとしても、ともかく作者にはかなりの衝撃であり、それがデイジーの人物造型に影を落としたことは充分に考えられる。二〇年代半ばのヨーロッパ滞在は、フィッツジェラルドの人生にあって文学的には有意義だったはずだが、次第にゼルダとの距離ができていく時期でもあった。

あくまで訳者の見解であるけれども、デイジーという女性像は、男が素朴なまでにロマンチックな夢を託す対象としては、あまりにも頼りない。田舎の貧乏青年が社会的上昇を望んだまではよいのだが、その過程において、こんなに不安定な（はっきり言えば無責任な）存在を夢の基盤にしてしまったということが、実利的には大きな戦略ミスだったのである。しかし、そのミスを知ってか知らずか、ともかく最後まで夢を信じて、夢に殉じたというところが、ギャッツビーの「偉大なる」所以《ゆえん》だろう。案外どたばたしていて、かならずしも「カッコいい」ヒーローではない。とってつけたような気取りは、ところどころでメッキがはげて、うっかり地金をさらすことがある。少年時代から節制と勤勉の徳によって立身をめざす、という古典的な人物像をめざしていたが、その路線では成功しなかった。いわゆるアメリカの夢は、すでに過去の神話になったのだ。それこそが、この作品の悲劇である。

タイトルの候補としては、二四年四月の段階で、すでに『灰の山と大金持ちの間で（*Among the Ash Heaps and Millionaires*）』というアイデアがあった（作者自身の着想であり、編集者マックスウェル・パーキンズは乗り気ではなかった）。これは重視してもよいのではないかと訳者は思っていて、その点は「あとがき」でも述べる。なお現在では、ゲラで書き直す前の原稿をもとに学者が校訂して、『トリマルキオ』という題で出版された別ヴァージョンがある。

トリマルキオとは、ペトロニウスによる古代ローマの物語に出てくる人物で、解放奴隷から大金持ちになり、豪華な饗宴を催すものの、趣味の悪い服装や、教養人を気取った言動から、ひとの笑いものになる男である。『トリマルキオ』（または『ウェストエッグのトリマルキオ』）も作者がかなり有望視していたタイトル候補だった。もし、これが採用されていたら、読者がギャッツビーに抱くイメージは、かなり違っていたかもしれない。たしかに『グレート・ギャッツビー』のほうが謎めいていて、それだけ読者に自由な解釈を許すだろう。しかし作者はギャッツビーを自らの分身とする一方で、ギャッツビーを外から冷静に見てもいる、ギャッツビー的ではないもの（たとえば世襲の富裕層、また灰の谷、自動車屋）との対比を見ている。最後まで作者はタイトルに迷っていて、ついに出版前の時間切れで『グレート・ギャッツビー』になったというのが実情らしいが、さりとてギャッツビーを突き放すこともなく、かつギャッツビーだけに寄りつきもしない、というタイトルをさがすのは、なかなか難しいところだろう（いや、この日本語版もまた、さんざん悩んだ末に、従来のカタカナ書きタイトルを踏襲したのだから、人のことは言えない）。

さて、いま世襲の富裕層と書いたのは、もちろんトム・ブキャナンを意識してのことだが、じつは新興の成金であるギャッツビーのほうが時代の流れに逆行する存在だ、というところが解釈上の鍵である。ひたむきな昔ながらの上昇志向が、二十世紀になってもまだ有効だと考えたがっている。よく「アメリカの夢」と言われるようなものは、ダン・コディの晩年に終わっていたはずなのだ。

ギャッツビーは過ぎた時間を「なかった」ことにしようとする。まだ夢を追いかけられると思っている。そんな時代錯誤な男だということが、デイジーとの関係においてあぶり出されてしまう。ギャッツビーの願いは、ただ一つ。デイジーがトムを愛した時間など「なかった」ことにしたいのだ。つまり時間をさかのぼって、過ぎた時間を帳消しにする——。どれだけ金を積んでもできることではない。肝心のデイジーだって「いまさら過去は変えられないのよ」と言っている。ただ、あるところまで逆行して、また同じスタートラインに立とうじゃないか、という異議申し立てだとするならば、すでに出来上がった階級社会への反抗という意味づけもあり得よう。いわば夢の原理主義者として、機会均等の原点に立ち返ることの主張なのだが、その結果として、時代の空気が読めない偉大なる勘違い男になっている。『グレート・ギャッツビー』は、二〇年代の風俗に寄り添っていながら、みごとに反時代的な作品でもあるだろう。

それだから、とは言えないとしても実際に、作者や版元が期待したほどには売れなかった。二五年四月の初版で約二万部、八月には三千部の増刷があったものの、作者が死んだ時点で（一九四〇年）まだ在庫は残っていたという。結局、収入の大半は短編からの原稿料に頼っていたのだが、たしかに短編のほうが（もし一度だけ読むとしたら）おもしろい読み物になっている。場面ごとの構図や、色彩感、人物の動きなど、よく「見える」感じが楽しめる。ところが『グレート・ギャッツビー』は、何につけ見えるのか見えないのか微妙な絵づくりがなされて、必ずしも読みやすくはない（正直に言えば、この訳者など、初めて原文を読んだ学生時代には、英語の読解力に自信を失うだけでしかなかった）。だが読み返したときに発見を重ねる楽しみは、さすがに短編より長編が上だろう。

たしかに、いいかげんな作品だと言えないこともない。出来事の時間関係がおかしいということは、つとに指摘されている。たとえば、作者自身はデイジーの娘について「三歳」と書いた。そして初版以来そのように流布したのだったが、それではトムと結婚したデイジーが妊娠末期だったと考えなければ計算が合わない（現在の信頼できるテキストでは"two years old"に訂正されている）。あるいは、ブロンドだったはずのデイジーの髪の色が、途中で黒っぽく変わったりもする。また空気マットに乗っているギャッツビーを撃って絶命させ、なおマットには傷をつけなかった（大の男の体重を支えて沈まないのだから）というほどに、ウィルソンは射撃の名手だったのだろうか。などなど、いうなればギャッツビー自身と同様に、たたけば埃が出そうな作品なのだが、そういうズッコケぶりの一方で、あちこちに出るイメージやセリフに巧妙な対比・対応が仕掛けてあることにも驚かされる。これは読者が再読する楽しみにまかせよう。とりあえず訳し終えた者の印象としては、フィッツジェラルドは「ずぼらな天才」ではないかと言いたい。理屈には弱いが感性が鋭いというタイプの芸術派なのだろう。その作家がピークに達した時点での作品について、日本語で読める選択肢を一つ増やしたということを、訳者は大きな喜びとしている。

フィッツジェラルド年譜

一八九六年

九月二四日　F・スコット・フィッツジェラルド、ミネソタ州セントポールに生まれる。父エドワード、母モリー。

一八九八年　二歳

父の籐家具事業が破綻。プロクター&ギャンブル社で営業職に就く。ニューヨーク州バッファローへ移る。その後、同州シラキュースへ（一九〇一年）、ふたたびバッファローへ（一九〇三年）。

一九〇一年　五歳

妹アナベル誕生。

一九〇八年　一二歳

父が失業。セントポールへ戻る。以後、母の資産が主たる生活手段となる。スコットはセントポール・アカデミーに入学。

一九一一年　一五歳

ニュージャージー州ハッケンサックの寄宿制進学校ニューマン・スクールに入学。

一九一三年　一七歳

プリンストン大学に入学。学内誌には積極的に寄稿するが、成績は芳しくない。在学中からの友人に、エドマンド・ウィルソン（評論家）、ジョン・ピール・ビショップ（詩人）。三年次に休学（復学するが結局は中退にいたる）。

一九一五年　一九歳
イリノイ州レークフォレストの令嬢ジネヴラ・キングと知り合い、二年ほどの交際。いくつかの作品で女性像への反映あり。

一九一七年　二一歳
アメリカが第一次大戦に参戦（四月）。すでに卒業の見込みが薄れていたスコットは、陸軍の教練に参加し、任官試験を受ける。秋に歩兵少尉となって、カンザス州へ。小説を書きだす。

一九一八年　二二歳
小説『ロマンティック・エゴイスト』第一稿。スクリブナー社に出版を打診。ケンタッキー、ジョージアの駐屯地を経て、アラバマ州モントゴメリーで州最高裁判事の娘ゼルダ・セイヤー（一八歳）と出会う（七月）。スクリブナー社、出版を拒否。第二稿を送るが、これも却下される（一〇月）。ヨーロッパ戦線へ出征する寸前に終戦（一一月）。

一九一九年　二三歳
除隊後、ニューヨークの広告代理店に就職（三月）。すでにゼルダとは婚約していたが、スコットの将来に不安を感じたゼルダが婚約を破棄（六月）。広告代理店を辞め、セントポールの実家へ帰る。二度まで却下されていた小説を書き直す（七～八月）。スクリブナー社内でスコットに注目していた編集者マックスウェル・パーキンズが出版に同意（九月）。タイトルは『楽園のこちら側』となる。ハロルド・オーバーを代理人とする。この時期から雑誌（「スマート・セット」「サタデー・イヴニング・ポスト」）に短編を載せる。ゼルダと復縁（一一月）。

一九二〇年　二四歳

『楽園のこちら側』出版（三月）。その一週間後にニューヨークの聖パトリック大聖堂で、ゼルダと結婚（四月）。長編の成功で時代の寵児となる。短編の原稿収入も上がって、贅沢な生活を支える重要な資金源に。

コネティカット州ウェストポートに借りた家で、第二長編『美しく呪われし者』の執筆にかかる（五月～）。第一短編集『フラッパーと哲学者』出版（九月）。ニューヨーク市内のアパートに移る（一〇月）。

一九二一年　二五歳

イギリス、フランス、イタリアへ旅行（五～七月）。セントポール近郊のデルウッドで、ホワイトベア湖畔のコテージを借りる（八月）。「メトロポリタン・マガジン」に『美しく呪われし者』の連載を開始（九月～翌年三月）。セントポール市内に移る。娘スコッティー誕生（一〇月）。

一九二二年　二六歳

『美しく呪われし者』出版（三月）。ゼルダが初めての執筆活動として「ニューヨーク・トリビューン」紙に書評を書く（四月）。ホワイトベア・ヨットクラブを経て（六月）、セントポールのホテルに移る（八月）。第二短編集『ジャズ・エイジの物語』出版（九月）。ロングアイランド北岸のグレートネックへ移る（一〇月）。ニューヨークの中心から二十数キロ離れた、芸能人、文化人の多いこの地で、『グレート・ギャッツビー』の素材を得る。ここで作家リング・ラードナーを知り、酒および文学の付き合いが生じる。

一九二三年　二七歳

戯曲『植物』出版（四月）。のちに『グレート・ギャッツビー』となる小説の第一稿を書き始める（六月）。『植物』が上演されるものの失敗に終わる（一一月）。

一九二四年　二八歳

フランスへ発つ（四月）。パリを経由して、リヴィエラに屋敷を借りて住む（五月）。ゼルダがフランスの航空士官エドゥアール・ジョーザンと親密になる。夏にジェラルド&サラ・マーフィ夫妻（『夜はやさし』のモデル）と知り合う。第三長編小説の執筆を進める。『トリマルキオ』と題されていたが、改題し『グレート・ギャッツビー』になる。ヘミングウェイの作品をスクリブナー社に紹介する（一〇月）。ローマへ移動。

一九二五年　二九歳

『ギャッツビー』の推敲を重ねる（一～二月）。カプリ島のホテルへ移動。『グレート・ギャッツビー』出版（四月）。パリへ移ってアパートを借りる。ヘミングウェイと出会う（五月）。『夜はやさし』の構想を練る。アンティーブ岬に滞在（八月）。

一九二六年　三〇歳

ゼルダが体調不良のためサリー・ド・ベアルンの温泉へ（一月）。オーエン・デーヴィスによる『ギャッツビー』の戯曲版がブロードウェーで上演される。第三短編集『若者はみな悲しい』出版（二月）。リヴィエラへ戻って、屋敷を借りる（三月）。この家をヘミングウェイ夫妻に譲って、別の屋敷へ（五～六月頃）。アメリカへ帰る（一二月）。

一九二七年　三一歳

ハリウッドへ行く（一月）。ユナイテッド・アーティスツの依頼により、ハリウッドでの初仕事として映画台本を書いたが、制作にはいたらず。一七歳の女優ロイス・モランと知り合う。スコットが関心を抱いたため、夫婦喧嘩の原因となる。作中人物のモデルともなった。デラウェア州ウィルミントン近郊に豪邸を借りる（三月）。

一九二八年　三二歳

三度目の渡欧。パリにアパートを借りる（四月）。ジェームズ・ジョイスと出会う（六月）。デラウェア州へ戻る（一〇月）。

一九二九年　三三歳

四度目の渡欧（三月）。ジェノヴァ、リヴィエラを経てパリへ。夏にカンヌの邸宅を借りる。パリへ戻る（一〇月）。

一九三〇年　三四歳

北アフリカを旅行（二月）。ゼルダ、精神に変調をきたし、パリ郊外のマルメゾン・クリニックへ入院（四月）。勝手に退院して、スイスの病院に移る（五月）。さらに転院して翌年九月までスイスで入院生活。スコットはパリとスイスとの往復を繰り返す。

一九三一年　三五歳

父エドワードの死で単身アメリカへ帰る（一月）。ヨーロッパに戻って（二月）、ふたたびパリとスイスの往復。夫婦でフランスのアヌシー湖畔に二週間の滞在（七月）。ゼルダが退院。アメリカへ引き上げて、モントゴメリーに家を借りる（九月）。仕事のため単身ハリウッドへ（一一〜一二月）。

一九三二年　三六歳

フロリダ州セントピーターズバーグへ旅行。ゼルダの病気が再発し、ジョンズホプキンズ大学病院（メリーランド州ボルティモア）のフィップス・クリニックに入院（二〜六月）。スコットは、ボルティモアでホテル住まい、ないし家を借りての生活。スコット自身が腸チフスでジョンズホプキンズ病院に入院（八月）。ゼルダの長編『ワルツは私と』刊行（一〇月）。

一九三四年　三八歳

「スクリブナーズ・マガジン」に『夜はやさし』を連載（一～四月）。ゼルダ、ふたたびフィップス・クリニックに入院（二月）。さらにクレイグ・ハウス（ニューヨーク州ビーコン）、またシェパード・プラット病院（ボルティモア近郊）へ転院（三～五月）。ニューヨークでゼルダの個展開催（四月）。『夜はやさし』刊行（四月）。

一九三五年　三九歳

オーク・ホール・ホテル（ノースカロライナ州トライオン）に滞在（二月）。第四短編集『起床時刻の消灯合図』出版（三月）。夏、グローヴパーク・イン（同州アシュヴィル）に滞在し、このホテルに来ていた裕福な既婚女性と関係をもつ。ボルティモアにアパートを借りる（九月）。スカイランド・ホテル（ノースカロライナ州ヘンダーソンヴィル）に滞在、のちに『崩壊』に収録されるエッセーを書きだす（一一月）。

一九三六年　四〇歳

ゼルダ、アシュヴィルのハイランド病院へ（四月）。スコットも同地のグローヴパーク・インに宿泊（七～一二月）。

ヘミングウェイが短編「キリマンジャロの雪」でフィッツジェラルドを中傷（「エスクァイア」誌、八月）。母モリーの死（九月）。娘スコッティーはエセル・ウォーカー校（女子の進学校、コネティカット州）に入学。この時期のスコッティーにとって、父の文学エージェントたるオーバー夫妻が事実上の養父母だった。

一九三七年　四一歳

オーク・ホール・ホテル滞在（一～六月）。ＭＧＭと半年契約を結んでハリウッドへ行く。〈ガーデン・オブ・アラー〉（サンセット大通りのホテル）で、バンガローの半分を借りる（七月～翌年四月）。ホテルのパーティーでシーラ・グレアムと出会う（七月）。過去の多い女性で、このときは映画コラムニストをしていた。ハリウッド時代のスコットと、同居はしなかったが、行動をともにすることが多かった。ドイツの作家エーリッヒ・マリア・レマルクの小説を映画化する企画として、『三人の戦友』の台本を執筆（～一九三八年二月）。映画は好評を博した（一九三八年六月公開）。ゼルダを見舞い、四日間、夫婦で過ごす（九月初旬）。ＭＧＭとの契約を延長（一二月）。

一九三八年　四二歳

ヴァージニア州で妻子とイースターを過ごす（三月下旬）。マリブ・ビーチにバンガローを借りる（四月）。じつはシーラ・グレアムが〈ガーデン・オブ・アラー〉の喧騒を嫌って、別の住宅をさがした結果である。娘のスコッティーがヴァッサー・カレッジへ入学（九月）。スコットはエンシーノ（ロサンゼルス近郊）にコテージを借りる（一九三八年一一月〜四〇年五月）。MGMとの契約は更新されず（一二月）。

一九三九年　四三歳

MGMとの契約が切れる直前に、少しだけ『風と共に去りぬ』の脚本制作に参加（一月）。ユナイテッド・アーティスツの企画で作家バッド・シュルバーグとダートマス大学（ニューハンプシャー州）へ取材旅行。ただし飲酒がたたって仕事を打ち切られる（二月）。いくつかの映画会社でフリーランスの仕事（一九三九年三月〜四〇年一〇月）。キューバへ旅行（四月）。とうに夫婦とは名ばかりだが、このときはシーラと喧嘩をした反動でゼルダを伴っている。飲酒と無頼のハバナ滞在となり、帰途、ニューヨークで入院する。これ以後、生存中にゼルダと会うことはなかった。代理人ハロルド・オーバーと絶縁。売れていない短編についての前払いを断られたのが直接の原因だった（七月）。夏に長編『ラスト・タイクーン（*The Last Tycoon*）』を書きだす。

一九四〇年　四四歳

ゼルダ、ハイランド病院を退院して（四月）、モントゴメリーで母親と同居。スコットはエンシーノからハリウッド（北ローレル街）へ転居（五月）。スコット、シーラ・グレアムのアパート（ハリウッド、北ヘイワース街）で、心臓発作にて死去（一二月二一日）。メリーランド州ロックヴィルの共同墓地に埋葬される（一二月二七日）。

一九四一年

『ラスト・タイクーン』（エドマンド・ウィルソン編）出版（一〇月）。一九九三年にマシュー・ブラッコリ編で再刊され、タイトルが*The Love of the Last Tycoon*に変わった。

一九四五年

『崩壊』（エドマンド・ウィルソン編）出版（八月）。

一九四七年

ゼルダ、ハイランド病院に再入院。

一九四八年

ゼルダ、病院の火災で焼死（三月一〇日）。スコットの眠るロックヴィルの共同墓地に埋葬される（三月一七日）。

一九七五年

スコッティー、両親をロックヴィルの共同墓地から同市のセント・メアリ教会のフィッツジェラルド家墓地へ改葬。

訳者あとがき——誰がカケスを殺したか、わたし、とは誰も言わないが

二十世紀が自動車の時代だったことは、まったく疑う余地のない常識になっているが、より正確には「ガソリン自動車の時代だった」ことに疑いがないと言うべきだ。この小説の翻訳を担当して、ようやく最終章まで仕上げた直後、ついにGMが破綻したというニュースが流れたせいで、なおさらそう思えるのかもしれない。そして、ガソリン自動車の小説という意味でも、『グレート・ギャッツビー』は、まさに二十世紀を代表する作品だったと言えるだろう。では、その時代にギャッツビーは、あるいはフィッツジェラルドは、どんな態度をとったのか。

一九二六年の短編「お坊ちゃん（The Rich Boy）」には、主人公となる金持ちの男について、こんな記述がある。「物心がついた頃は——というのは七歳くらいだろうか——すでに二十世紀になっていて、五番街で蓄電池の〝自動車〟を走らせる威勢のよいお嬢さんも見受けられる時代だった」

これは電気自動車のイメージをよく伝えているだろう。二十世紀初頭の新聞を見ると、自動車の動力として、蒸気、電気、ガソリンの比較論が行われ、ギャッツビーの時代にも続いている。もちろんガソリンが優位になっていく気配は濃厚だが、それぞれに技術の進歩があって、まだ完全に決着がついたとは言いがたい様子が、記事の論調からうかがえる。ガソリン車だけはギアチェンジの必要があり、この点が嫌われていたようだけれども、速度と走行距離では有利だった。蒸気は機構が複雑で、どうせ油の燃料を使うならボイラーではなく内燃エンジンにすればよい。電気自動車は静かな乗り物として歓迎され、なかなか有望な選択肢だったのだが、道のよい都会で短距離の移動をするのには好適な、とくに女性向きの、いわば「きれいな」自動車という見方をされた。

『グレート・ギャッツビー』に登場する自動車は、すべてガソリンで動いている。いや、そうでなければならなかった。作品を進行させるためには、技術的な意味でも、また新時代の象徴という意味でも、ガソリン車が必要だったはずである。

まず技術的な、わかりやすい話として、五人の人物（ギャッツビー、ニック、ジョーダン、ブキャナン夫婦）が二台の車に分乗してニューヨーク市内へ行く場面を考える。いつもの経路で、つまりウィルソンの自動車屋の前を通過して、往復で数十キロの道のりを走ったろう。この店は修理屋であり、ガソリンスタンドの役割も持っている。看板の文字やトムとの会話からして、中古車の売買もしたらしい。ニューヨークからの帰路、ギャッツビーの黄色い車を運転していたデイジーは、道に飛び出してきたウィルソンの女房を撥《は》ねてしまう。被害者を現場で死なせるだけの衝撃がなければならないが、間近にいたミカエリスの証言では、車は時速三十〜四十マイルで走っていた。いくらか離れた位置にいた黒人男性によれば、五十〜六十マイルは出ていた。つまり最低で約五十キロ、最高で九十キロを超える幅がある。しかし、デイジーが事故の直後にアクセルを踏んでしまったというギャッツビーの話を考えれば、そういう数字で矛盾はない。もし電気自動車なら、この半分くらいの速度しか出なかったはずだ。

訳者が関心を抱くのは、このあとのウィルソンの行動なのだが、その前に「灰の谷」について注釈をしておきたい。第二章で登場し、それからずっと作品に影を落とす存在となる「灰の谷」は、本文を読むかぎり、とくに現代の読者にとっては、何のことかわかりにくいものだろう。原語では"the valley of ashes"となっている。切り立った「谷」ではなくて、かなりの広さがある荒れ地と考えたほうがよい。当時はモデルとなった場所が実在して、「コロナ・ダンプ」と呼ばれる二、三千エーカーの土地だった（ほぼ三百万坪の見当だ）。石炭の燃えがらなど、都会が吐き出す廃棄物の捨て場である。したがって谷とは言いながら、灰が山と積まれることになる。この「灰の谷」とウィルソンの自動車屋が隣接し、ここを中間点として、東にギャッツビーやトムの豪邸、西にニューヨーク市がある。邸宅と都会の往復には、車で行くにせよ、鉄道（すでに電化されていた）を使うにせよ、この壮大なゴミ捨て場の付近を通らざるを得ない。

『グレート・ギャッツビー』という小説には、さまざまなコントラストが仕掛けられている。たとえばトム・ブキャナン邸のあるイーストエッグ、これに向き合ってギャッツビー邸のあるウェストエッグという対比も、まるでアメリカ全体の東部と西部のミニチュア版のような気風の差として描かれているが、それとともに（あるいは、それ以上に）豪邸のある地区、華やかな都会と、廃棄物やガソリンの臭いが漂う土地との対比を忘れてはならない。

「灰の谷」は、ウィルソンの修理屋に近いという意味のほかに、それ自体が自動車の風景になっている。トラックが灰を運び込んでくるからだ。たしかに原文では微妙な書き方になっていて（a line of grey cars crawls along an invisible track）、これだけ見ると「列車」がやって来るようにも読めないことはないが、この新訳では「車列」とした。ここでの作業状況から鉄道とは考えにくいこと、昔を知る老人に取材した雑誌記事（*City Journal*［一九九二年八月号］）にトラックと書かれていること、などの理由もあるが、何台もの車両が連なって、まるで一匹の生物のように道なき道をくねって来る、というイメージづくりを重視したい。そして、もし自動車の風景と考えるなら、ウィルソンと「灰の谷」の結びつきが強まる。実際、ここでの作業員と、最後にギャッツビーを殺しにくるウィルソンは、色のない亡霊のような共通イメージを持たされている。「灰の谷」とウィルソンには（原書で百ページ以上も隔てて）同じ形容詞（fantastic）が使われた。このときのウィルソンは、「灰のような顔色の不可思議な人影」（that ashen, fantastic figure）と書かれている。

執筆の初期段階から『灰の山と大金持ちの間で』というタイトルの候補があったことを思い出すと、読者にとっては大きなヒントになる。それだけ「灰の谷」が重要だということだ。つまり作者はギャッツビーだけを見ているのではない。この男個人のロマンス——かつての恋人を追いかけて、むりやり金持ちにのし上がり、海の対岸に豪邸を買い入れた、というような話は、作品の一面ではあるが、すべてではない。親の代からの金持ちと一代でのし上がった成金との関係、もっと大きく富裕層と庶民階級の対比まで、作者は見おろしている。

ギャッツビー、トム、ウィルソンの三人は、それぞれの立場により、三者三様で自動車に関わっている。一見すると新時代の代表で、自動車を乗りこなしているのがギャッツビーだ。黄色い車は（ピンクのスーツとともに）あざやかな色の記憶を読者の心に残す。しかし第六章で、思いがけずトムがギャッツビー邸に立ち寄る場面がある。ほかに男女の連れがいて、三人とも乗馬の途中である。そそくさと出て行ってしまうのだが、これをギャッツビーは車で追いかけようとして、結局、置いてけぼりをくっている。いわば自動車が馬に追いつけない、という状況ができている。

トムはポロを愛好するくらいだから馬との縁は深い。ギャッツビーは軍に在籍した頃には馬に乗ったが、自前の馬を持ったことはない。トムは車庫を厩舎にして馬を入れるのは自分だけだろう、と時代に逆らったようなことも言うのだが（第七章）、それでも車の運転はするのだし、その売買をめぐってウィルソンを適当にあしらってもいる。自動車に対して、したたかな、現実的な付き合い方をする。ギャッツビーはもっと単純で、自動車に生きて、自動車に死んだ。墓地へ運ばれる際には、"motor hearse"として自動車に乗せられたことを作者は明らかにする。もともと霊柩車は馬で引かれるものだったが、二〇年代は自動車による葬送がようやく普及に向かった時期である。比較として言えば、クイーンズボロ橋ですれ違う霊柩車（第四章）は、とても裕福とはいえない移民の死者を乗せた馬車だったはずだ（会葬者が多いのはギャッツビーより幸福だが）。

では、ウィルソンはどうだろう。この男はガソリン時代の庶民代表というべきで、自動車を使う人々にサービスをする立場にある。いかにも影が薄い。踏みつけられて、無力である。だがマートルを殺されたあたりから、にわかに存在感を増す。ドア枠の空間にいて揺れている様子が、それまでの平板な人物像から、むくむくと立体化するような動きにさえ訳者には思えた。そして裏窓から「エクルバーグ博士の目」を見上げて、神の目はごまかせない、とまで言ってのける。そのあとで敵討ちのために失踪し、ふたたび影のように目立たなくなるのだが、しかし、なぜ歩いて出て行ったのだろう。「ずっと徒歩で移動し」た（he was on foot all the time）と作者はわざわざ注をつけるように書き添える。おそらくウィルソンは自動車に関わる役割を捨てたのだ。通りすぎる車を「異常な目」でにらんでいたという証言もある。もはや個人の動機を越えて、自動車への復讐、時代への反乱を始めたのではないか。一種の階級闘争で、ギャッツビーとは違う形で支配層に挑んだことになる。引き出しにあった「犬の革紐」は、もてあそばれる悲しみの象徴だ。ところが結果的には、もてあそんだ側に操作されて、ねらうべき対象を間違えたのだから、滑稽なまでに悲劇である。だが、もしギャッツビーが昔ながらの「アメリカの夢」を引っさげて既成の金持ちに対抗し、それでグレートという形容詞をもらえるなら、このウィルソンだって、ちょっとくらいはグレートだ（訳者は心の中で「ちょいグレ・ウィルソン」と呼んでいる）。

この三者は、それぞれの仕方で物語から消えていく。ギャッツビーは、空気マットレスをかついでプールへ向かったのが、実質的には読者に見える最後である。黄色を濃くする木々の葉にまぎれて消える（水着やマットレスは色指定がなされない）。もともと実体の見えにくい謎の人物であって、はっきりしたイメージが出そうで出ない。邸宅や衣服や車は見えるのだが、その中身というべき人間そのものは、案外、読者の目には映らない。殺されてプールに浮いている場面でも、マットレスの動きだけを見せられる(だから血の円弧があざやかだとも言えるが——)。もっと見えないのがウィルソンで、芝生に倒れているのを庭師が見つけたと書かれるのみ。これでは死体の映像が読者の脳裏に浮かぶこともないだろう。

それで「惨劇」が終わった、と作者は言う。なんと原文では〝the holocaust was complete〟である。ホロコースト！ もちろん二〇年代前半の物語だから、まだナチによるユダヤ人虐殺は考えなくてよい。それにしても大きな言葉だ。よほどに大きなものが滅びたということにならないか。そしてホロコーストという単語には「火で焼かれる」意味がつきまとう。ふたたび「灰」を思い出すとしても、こじつけではあるまい。

そしてトムも消える。ただし、トムが滅びることはない。事件直後に夫婦そろって旅に出るだけだ。こういう柔軟な現実路線の前には、夢に生きるギャッツビーに勝ち目はない。夢の成就のため、その手段として時代の現実にまみれたかに見えたギャッツビーだが、裏社会での師匠格だったウルフシャイムさえ、肝心なところではご隠居になって出てこない。その息がかかっていたはずの使用人たちもまた、ギャッツビーを守ることをしていない。ひとつ駄洒落を言うならば、マザーグースの唄をもじって

「誰がカケスを殺したか」と問いたくなる。ジェイ・ギャッツビーのJayには、鳥の「カケス」の意味がある（おしゃべり、ものを知らない田舎者、趣味の悪いおしゃれ、といったニュアンスも、この男にぴったりだ）。マザーグースの本歌は「誰がコマドリ殺したか」で、その次に「わたし」とスズメが答えることになっているが、このカケス殺しには、どこからも犯行声明が出ないだろう。夢が滅びることは時代の意志だった、とでも考えないかぎり――。

ともかくも、主要な人物がそろってどこかへ消えてしまい、「そして誰もいなくなった」という状況に近くなるのだが、作者はギャッツビーを見捨てない。最後まで消え残って語る役目を、ニック・キャラウェイに持たせている。このニックも夢を追いかけ、それなりにもがいていた形跡はあるけれども、ギャッツビーを観察しながら「現実のデイジーが夢に追いつかない」（第五章）ことは認識できる。まずまず中間派と言えよう。つまりギャッツビーほど過激な純情派ではなく、トムほど図々しい現実派でもない男が、最終ページで夢を見送る美しい別れの言葉を述べるという、なかなか結構な役を割り振られている。ニックとて決して客観に徹した信頼できる語り手ではない（と訳者は思っている）のだが、ギャッツビーへの評価と、美しき送別の辞には、たしかに説得力があるだろう。ちなみに、この男、ウェストエッグで乗っていた中古のダッジを、ちゃんと売却してから、中西部へ帰っている。

最後になりましたが、光文社文芸編集部の堀内健史、鹿児島有里の両氏に感謝いたします。何気ない雑談の中からも、テキストの読み方に対するヒントが出てきました。古典新訳という仕事には、現代の翻訳者にとって、すでに「後ろにある」と思っていた夢が、まだ「前にもあった」と知る喜びがあると申し上げて、お礼の言葉といたします。

二〇〇九年八月

kobunsha classics
光文社古典新訳文庫

グレート・ギャッツビー

著者　フィッツジェラルド
訳者　小川《おがわ》高義《たかよし》

2009年9月20日　初版第1刷発行
2025年2月15日　　　第7刷発行

発行者　三宅貴久
印刷　大日本印刷
製本　大日本印刷

発行所　株式会社光文社
〒112-8011東京都文京区音羽1-16-6
電話　03（5395）8162（編集部）
03（5395）8116（書籍販売部）
03（5395）8125（制作部）
www.kobunsha.com

落丁本・乱丁本は制作部へご連絡くだされば、お取り替えいたします。
ISBN978-4-334-75189-0 Printed in Japan

いま、息をしている言葉で、もういちど古典を

長い年月をかけて世界中で読み継がれてきたのが古典です。奥の深い味わいある作品ばかりがそろっており、この「古典の森」に分け入ることは人生のもっとも大きな喜びであることに異論のある人はいないはずです。しかしながら、こんなに豊饒で魅力に満ちた古典を、なぜわたしたちはこれほどまで疎んじてきたのでしょうか。

ひとつには古臭い教養主義からの逃走だったのかもしれません。真面目に文学や思想を論じることは、ある種の権威化であるという思いから、その呪縛から逃れるために、教養そのものを否定しすぎてしまったのではないでしょうか。

いま、時代は大きな転換期を迎えています。まれに見るスピードで歴史が動いていくのを多くの人々が実感していると思います。

こんな時わたしたちを支え、導いてくれるものが古典なのです。「いま、息をしている言葉で」――光文社の古典新訳文庫は、さまよえる現代人の心の奥底まで届くような言葉で、古典を現代に蘇らせることを意図して創刊されました。気取らず、自由に、心の赴くままに、気軽に手に取って楽しめる古典作品を、新訳という光のもとに読者に届けていくこと。それがこの文庫の使命だとわたしたちは考えています。

このシリーズについてのご意見、ご感想、ご要望をハガキ、手紙、メール等で翻訳編集部までお寄せください。今後の企画の参考にさせていただきます。
メール　info@kotensinyaku.jp